小学館文庫

隠密夫婦

八丁堀強妻物語〈三〉

岡本さとる

小学館

目次

隠密夫婦　八丁堀強妻物語〈三〉

第一章　日暮れ横丁

（一）

文政《ぶんせい》十一年（一八二八）の年が明けた。

南町奉行所同心・芦川柳之助《あしかわりゅうのすけ》の元へ嫁いでから、初めての正月を、千秋《ちあき》は八丁堀《はっちょうぼり》で迎えていた。

将軍家御用達《ごようたし》の扇店〝善喜堂《ぜんきどう》〟の娘として育った千秋にとっては、何ごとにおいても勝手がわからず戸惑いもしたが、

「どこぞのお殿様の奥様でもないのですから、畏《かしこ》まることもありません」

姑《しゆうとめ》の夏枝《なつえ》はあれこれと嫁に教えながらも、終始そう言いながら、ゆったりと過ごさせてくれたのでありがたかった。

上役への挨拶廻《まわ》り、同輩の来訪など、夫の柳之助は慌《あわただ》しい日々を送った。

元より奉行所の役人は御用繁多で、正月だからとて、休んでいる間などなかったのである。

その間隙を縫って、〝善喜堂〟にいる頃から千秋に仕えているお花《はな》と二人で、年始の挨拶に実家へ顔を出すことも叶《かな》い、千秋の松の内はあっという間に過ぎた。

すると、結婚後間もなく定町《じようまち》廻りから隠密《おんみつ》廻りとなった夫の柳之助に、新たな命が下った。

それは、千秋にも関わるものであった。

例のごとく、古参与力の中島嘉兵衛《なかじまかへえ》から呼び出しがあり、柳之助が詰所へ参上すると、

「芦川、おぬしは本所《ほんじよ》の日暮れ横丁を知っているか」

嘉兵衛はさっそく切り出した。

「はい、その名は聞き及んでおります」

柳之助は畏まってみせた。

「亀戸《かめいど》天神の門前から、少し南の外れにあるところでございますか」

「いかにも」

嘉兵衛はしかつめらしい顔をした。

その辺りは、定町廻りを務めていた頃の担当地域ではなかったが、二度ばかり出張ったことがあった。

何軒もの酒場と楊弓場《ようきゅう》、骨董屋《こっとう》が建ち並ぶ横丁で、

「あすこには、あまり足を踏み入れねえ方が好《い》いぜ」

裏町の事情に詳しい者なら、皆口を揃《そろ》えて言う犯罪多発地だ。

路地が迷路のように入り組んでいて、ここに逃げ込めば役人の目をくらませることが出来ると噂《うわさ》されていた。

実際に賊を追っていたところ、この辺りで見失ったという事例は多い。

その応援で柳之助も出張ったわけだが、真《まこと》に薄気味の悪いところであった。

横丁の住人も、すぐ近くに住んでいる者達も、皆一様に口が重い。

誰もが〝叩《たた》けば埃《ほこり》が出る〟のであろうか、ここでは人のことは詮索せず、互いに過去は問わず、そっと暮らそうという暗黙の了解が出来ているようだ。

それゆえ流れ者や、大手を振って町を歩けない無宿者にとっては、恰好《かっこう》な住処《すみか》とな

る。犯罪が多発するのも無理はない。

生まれた時からまともな暮らしを送っている者には、

「よくあんなところに住めたものだ」

としか思えない地域でも、臑《すね》に疵《きず》持つ者にとっては、

「ここなら気兼ねなく住める」

となるのである。

「どうせ掃溜《はきだ》めに好んで住むような奴《やつ》らだ、ろくなもんじゃあねえ。連中が殺し合いをしようがごみがひとつ減るだけだ。放っておけば好いや」

そのかわり、掃溜めから出てきて人様に迷惑をかけるようなら痛い目に遭わせてやる、などと考えている役人も少なくない。

そうなると、このような処《ところ》はますます人が寄りつかない、悪の巣窟《そうくつ》となる。

どこかで浄化しないといけないと、町奉行所では以前からの懸案となっていた。

「あの日暮れ横丁がどのようなところか、まず調べあげておきたい。御奉行はそのように仰せなのだ」

柳之助は膝を進めた。

「日暮れ横丁で、何が起こっているのでしょうか？」

「あらゆる物の売り買いが密《ひそ》かに行なわれているのではないかと、お疑いのようでな」

「あらゆる物……」

南町奉行・筒井和泉守政憲《つついいずみのかみまさのり》は、日暮れ横丁で禁制品の密売、盗品の売買、さらに人身売買などがなされ、武器、偽手形なども出回っているのではないかと考えていた。

しかも、この数年の間の治外法権ともいえる状況を好機と捉え、さらに大きな犯罪が企てられているのではないかと危惧していたのだ。

「だが、あの横丁を調べ上げるのは、なかなかに難しい」

嘉兵衛は嘆息した。

「あの辺りには、表立った顔が見えませぬゆえに……」

柳之助の応《いら》えに、嘉兵衛は満足そうに頷《うなず》いてみせた。

「さすがは芦川、このところの厳しい務めで、勘がようなったな。そうなのだ。あの横丁には顔役がおらぬ」

「はい。表向きには」

「うむ」

江戸に悪所はいくつもあるが、必ずそこには顔役がいて、辺り一帯を仕切っているものだ。

やくざの親分や香具師《やし》の元締、不良旗本や御家人などが睨《にら》みを利かせているゆえ、何か怪しい一件が起これば、まずそこに当ればば何らかの答は出る。

時には顔役自らが奉行所に協力して、不届き者を捕えて差し出すこともある。

世の中を真っ白に清めるのは無理な話である。まずは人の道に外れた凶悪な犯罪の取り締まりを徹底したいものだ。

それゆえ、そのような顔役がいるのは奉行所にとってはありがたい一面もある。

だが、日暮れ横丁には、破落戸《ならずもの》、遊び人、博奕《ばくち》打ち、怪しげな酒場の女将《おかみ》や酌婦などはごろごろいるが、親分、元締、お頭などと呼ばれて君臨する者が見当らない。

これはもしかすると、横丁を取り仕切る大立者は、見事に地下に潜っていて、姿を見せぬまま犯罪の組織を築きあげてしまったのかもしれない。そのようにも考えられる。

そうだとすれば、ますます放ってはおけぬ。

「仰せの儀はよくわかりました。隠密廻りとして、日暮れ横丁に潜りこめとのお達しにござりまするか」

柳之助は威儀を正した。

以前にも盗賊一味の探索のため〝蒟蒻島《こんにゃくじま》〟と呼ばれる盛り場に、身の不運を嘆くあまりぐれてしまった御家人の次男坊に扮《ふん》し、潜入したことがあった。

あの辺り一帯も、日暮れ横丁と同じ匂いのする裏町で、柳之助は大いに成果をあげていた。

「いかにも潜り込んでもらいたい。だがこの役儀は一筋縄ではいかぬ」

と、嘉兵衛は言う。

あの折は、盛り場の酒場に出入りしている賊の一味に近付くための潜入であったが、日暮れ横丁に潜り込む意図は、

「横丁そのものを探るため……。何度か酒場に通ったくらいでは、たちまち弾《はじ》き出されてしまうであろう」

奉行の和泉守は、そのように見ているのだと嘉兵衛は告げた。

「なるほど、ではいかにして潜り込めばよろしゅうございましょう」

上目遣いに嘉兵衛と向き合う柳之助に、

「そこでじゃ……」

嘉兵衛は、和泉守の策を声を潜めながら申し伝えたのである。

（二）

「それで、わたしが旦那様と二人で、その、日暮れ横丁でしばらく暮らすのですか？」

「そういうことだ。横丁近くの表長屋で暮らすというのが、本当のところだが」

「左様ですか……」

「少しの間、不便をかけるが、辛抱してくれ」

「辛抱などと、とんでもないことでございます……」

夫・芦川柳之助から、次の仕事について聞かされた千秋は、当惑の色を顔に浮かべながらも、その声は浮き浮きとしていた。

南町奉行・筒井和泉守が、隠密廻り同心である柳之助に下した命は、しばらくの間、町の夫婦《ふうふ》として千秋と日暮れ横丁近くに住むというものであった。

老舗《しにせ》の扇店のお嬢様ではあるが、父・善右衛門《ぜんえもん》は〝将軍家影武芸指南役〟という裏の顔を持っていて、千秋は特殊な武芸を仕込まれて成長した。

ゆえに熱烈な恋を実らせて、身分の垣根を越えて柳之助と夫婦になったものの、千秋の裏の顔は今も秘するべきものであった。

ところが、老中・青山下野守《あおやましもつけのかみ》は〝善喜堂〟の裏の顔を知る、南町奉行・筒井和泉守と語らい、千秋の武芸を奉行所の隠密廻りに役立てようと目論《もくろ》んだ。

そして、千秋の活躍に味をしめ、この度の潜入においては、初めから、

「夫婦でことに当ってもらいたい」

と、申し付けたのである。

「そなたら二人を夫婦にしてやったのであるから、その厚情に応えよ。そもそも町同心の妻になるのを望んだのであるから、斯様《かよう》な苦労もまた励みになろう」

老中も奉行も、そう言いたいのであろうか。

自分の意を、古参与力を通じて伝えるとは和泉守も老獪《ろうかい》であるが、千秋に危険な任務を与える遠慮があるのかもしれない。

いずれにせよ奉行の考えはよくわかるゆえそれに反発は覚えなかったが、

「千秋、芦川柳之助と夫婦になったがために苦労をかけるが料簡《りょうけん》しておくれ」

柳之助は愛妻への気遣いをみせるのだ。

しかし、そんな言葉は千秋にとってはまるで無用のようだ。

「料簡も何も、お奉行様はありがたいことをお命じくださいました」

千秋の表情は、少女のように華やいだ。

「旦那様と二人でお勤めができるとは……。考えただけで楽しくなって参ります」

「まあ、そのように言ってくれるとありがたいが……」

「それで、旦那様は何に身を変えられるのです？」

「団子屋がよいだろうということになった」

「団子屋……」

表長屋は小店《こだな》になっていて、そこで千秋が、団子屋の女房・お春《はる》となって朝から団子を拵《こしら》え、店でも商うし、主《あるじ》の隆三郎《りゅうざぶろう》に扮する柳之助が、その団子を日暮れ横丁界隈《かいわい》で売り歩くのだ。

「ではわたしはお団子を？」

「ああ、拵えてもらうことになるな」

「子供の頃から、そういうことをしてみたかったのです！」

「それは何よりだ……」

「お団子は、餡《あん》ですか？　それともお醤油《しょうゆ》の付け焼きですか？」

「いや、それはまだこれからの話だが……」

「お醤油の方が仕込みが楽かもしれませんね。香ばしい匂いが堪《たま》りません」

「お前がそう思うなら、醤油でいこうか」

「ありがとうございます！　でもわたしに上手《うま》くできるでしょうか」

「そこは団子屋に化けるだけの話だから、お前が拵えなくても何とかなるようにすればよいのだよ」

「いえ、そんなわけには参りません。ここは本物の団子屋の夫婦だと、誰からも疑われないようにいたしませんと、旦那様の面目が立ちません」

「わかった、そんなら団子の指南役を見つけてもらおう。拵え方をしっかりと学べば好いさ」

「そうさせていただきましょう。わたしが朝からお団子を拵えて、それを旦那様が方々に売りに出られる……。そうして店仕舞いをして、二人で夕餉《ゆうげ》をとり、また明日に備える。何とも楽しみにございます……」

「これ、千秋。遊山《ゆさん》に行くのではないぞ。団子屋は世を欺く仮の姿だよ。日暮れ横丁で何かが起きるかもしれぬ。それを探りに行くのだからな」

「ほほほ、左様でございましたね。何なりとお申し付けください」

千秋は、潜入とはいえ、柳之助と見知らぬ土地で二人きりの日々を過ごすのが、嬉《うれ》しくて仕方がなかったのである。

――御奉行は、千秋のためを思ってお申し付けくだされたのかもしれぬ。

柳之助は、少女のようにはしゃぎ続ける千秋に失笑を禁じえなかった。

危険な任務に妻を付合わせる心の痛みは、跡形もなく吹き飛び、考えてみれば千秋が言うように、恋女房との思い出深い日々が待ち受けているのではないかという喜びすら感じ始めていた。

――それにしても何と無邪気な。

ふくよかな千秋が団子を拵える姿は、さぞやよく似合うであろう。

この女とならば、どんな苦難を共にしても辛《つら》くない。命をかけて守り抜くぞという決意が柳之助の胸を貫いたのだが、

――いや、守ってもらうのはおれの方だったな。

すぐにまた、強い妻に対して、母に甘える童児の気分にさせられるのであった。

(三)

それからは、慌しく日が過ぎた。

正月気分など、芦川家の夫婦にはもう無縁のものとなった。

奉行所からは、団子作りの指南役が密かに芦川家の組屋敷へ遣わされ、柳之助と千

秋は気合を入れてこれを学んだ。

ここでも千秋の呑《の》み込みは驚くほど早かった。

子供の頃から、武芸や習いごとをあれこれこなさねばならなかった千秋は、短期間でこつを会得する術《すべ》が自《おの》ずと身に付いていたのである。

「お前を見ていると、おれは何とお気楽に生きてきたかがよくわかるよ」

柳之助は恥入るばかりであったが、団子の仕込みは千秋、売るのは自分の役割だと思い決め、町で物売り達の様子を観《み》て、団子売りに成り切らんとした。

そして二人は、団子屋隆三郎、その女房・お春として、本所亀戸の日暮れ横丁の傍にある表長屋へ入った。

五軒長屋の端。間口一間半で、二階に小部屋がひとつ。

向かって左隣りに箱屋。

右側には稲荷《いなり》社があり、その裏側が、日暮れ横丁と呼ばれる通りである。

通りではあるが、ここは真《ま》っ直《す》ぐな道筋ではなく、ゆったりと折れ曲がっていて、そこからさらに幾つもの間道が続いているので、歩くと迷路に紛れ込んだ感がするのだ。

日暮れ横丁とはよく言ったもので、日の高い間は辺り一帯がまるで眠ったかのように静かであるが、日暮れと共に方々の軒行灯《のきあんどん》に明かりが灯《とも》り、妖しげな迷宮と化す。

柳之助と千秋は、町のしがない団子屋の夫婦として店を開くと、細々と営んだ。

店の名を〝千柳《せんりゅう》〟としたのは、はしゃぐ千秋の遊び心であった。

醤油の付け焼きの団子を朝から二人で拵えると、そこからこれを御膳箱に入れて、柳之助が売り歩いた。

いきなり夜の日暮れ横丁に入るのも憚《はばか》られ、まずは静かな眠った状態の横丁に行商に出たのだが、

「おう、団子屋、珍しいじゃあねえか、一つもらおうか……」

人気《ひとけ》のない通りの端々から、いきなり住人達が現れて買い求めたので、すぐに売り切れた。

元より振り売りの分は少ししか拵えていない。

売れ残ってしまうと荷物になり、探索が思うに任せないし、日の高い時分に、横丁でそれほど団子が売れるとも思っていなかった。

だが、これが意外や売れた。

「団子屋、お前は好いところに目をつけやがったな」

住民達は口を揃《そろ》えてそう言った。

夜になると活気づくこの辺りだが、朝はけだるさに支配される。体が起きるのに間が要るゆえに、朝から飯を食べる気も起こらない。となれば飯を炊く気も起こらない。

「そこに団子屋のお通りだ」

「体が起きるまでの間、一串取って虫養《むしやしな》いにするのにちょうど好いってわけさ」

と言うのだ。

「おまけに棒手振《ぼてふり》達は、気味が悪いと言って、この辺りを通りやがらねえ」

「まったくだ。通れば買ってやるのによう」

「何言っているんだよう、お前達は鏡を見たことがあるのかい？」

「こんないかつい顔をした男達には、危《あぶな》くて物など売ってられないってことさ」

「おきやがれ、朝から団子の銭を踏み倒したり、かっぱらったりするような力も出ねえよ」

と、男も女も柳之助に疲れた笑顔を向けてきたのだ。

――気味が悪いところだからって、悪人ばかりが住んでいるわけじゃあねえ。

定町廻りの頃から、江戸の町々と住人達の気質に触れてきた柳之助である。人の思い込みが差別を生むことを、改めて考えさせられた。

とはいえ、性根《しょうね》の曲がった者がなくならないことは百も承知だ。
近頃横丁に現れた団子屋が、住人達相手に上手く商いをしている——。
それを聞くだけでおもしろくないと思う者も、こういう土地には必ずいる。
柳之助は町の衆に化けたとて、そのほどのよさは変わらない。
ふっくらとした顔立ちに、鼻筋が通っていて、笑うと眼尻《めじり》がやさしく下がる。
横丁の女達は、乱れ髪に化粧っ気のない顔に恥じらいを浮かべて、
「ちょいと団子屋さん」
嗄《しゃが》れ声で呼び止めると、団子の串を手に、
「まったく昨夜《ゆうべ》は疲れちまったよ」
「そいつは大変でしたねえ」
などと言葉を交わして、悦に入る。
その様子を見せられると尚《なお》さらだ。
元より危険を承知での潜入であるから、
——そのうち絡んでくる奴もいるだろう。
とは思っていたが、五日目に早くも現れた。
その日も遅めの朝から振り売りを始め、一刻足らずで売り切って、町の様子を窺《うかが》い

つつ、千秋が待つ仮寓《かぐう》へ一旦戻ろうとしたのだが、稲荷社へ出る手前で、

「おう、団子屋、二本もらおうか……」

と声をかけてきた二人組があった。

柳之助にはすぐにたかりの輩《やから》と知れた。

団子が売り切れたのを見はからって声をかけてきたのは明らかであった。

この二人が、最後の一串が売れる様子を見ていたのを覚えていたからだ。

「へい、相すみません。あいにく団子は皆売れちまいまして。何でしたらひとっ走りして、仕入れ直してきますから、ちょいとお待ちいただけましたらありがてえんでございますがねえ」

それでも柳之助は、笑顔を取り繕って下手《したて》に出た。

目立ってしまうゆえ出来る限り喧嘩《けんか》は避けたかった。

「馬鹿野郎、そんなもの待ってられるけえ」

だが頰に傷のある兄貴格が、案の定絡んできた。

「手前《てめえ》、さっきおれ達が通るのを見ていただろう」

「へい。邪魔になると思って、端へ寄らせていただきやしたので……」

「そんならよう。兄ィとおれが団子を買うかもしれねえと、せめて二本くれえ置いて

おけばいいだろうが」

首に豆絞りの手拭いを巻いた弟分が続けた。

「相すみません……」

詫《わ》びてはみたが、相手にこれですませるつもりがないのはわかっている。

こういうところで団子を売り歩く男なのだ。

多少は喧嘩が強くても怪しまれまい。今後の振り売りを考えると、一目置かれる必要もあろう。だが、ここで一暴れするのはまだ早くないか――。

そんな思案をしていると、

「おい！　手前、何とかぬかしやがれ！」

「気に入らねえ野郎だ！」

二人はここぞと吠《ほ》えてきた。

こういう時は、誰も間に入ろうとしないのが、この辺りの住人の流儀のようだ。

自分のことは自分で始末をつける。他人のことに口出しするのは馬鹿だ。それが世渡りだと思っているのであろう。

皆一様に、ちらりとこちらを見るが、あとは知らぬふりを決め込んでいる。

柳之助は迷《まよ》ったものの、

「気に入らねえからどうしようってえんだ」

やがて唸《うな》るように言った。

ここはやはり、こっちの覚悟を見せておこうと決めたのだ。

二人組は、一変して刺すような目を向けてきた柳之助に怯《ひる》んだが、二対一の有利に任せ、

「何だ手前……。やろうってえのかい」

「許してほしけりゃあ、あがりを置いていきな」

と、凄《すご》んできた。

「ふざけるな！」

柳之助は、さっと天秤棒《てんびんぼう》を手にすると、兄貴分の腹を突いてその場に倒し、棒を返して弟分の足を払った。

「て、手前やりやがったな……」

払われた臑を押さえて強がる弟分の前に、柳之助は仁王立ちとなり、

「絡んできたのはお前達の方だろう」

ひとつ凄むと、天秤棒を振り上げた。

「お前の頭を柘榴《ざくろ》みてえにしてやるぜ」

「や、やめろ。やめてくれ……！」

弟分は悲鳴をあげた。

「死ね！」

柳之助は構わず天秤棒を振り下ろし、こ奴の頭すれすれに地面に打ちつけた。

そして放心する弟分に、

「この次は外さねえぞ」

と告げてから、いつしか野次馬となってこっちを見ている横丁の住人達に、

「毎度ありがとうございます……」

にこやかに頭を下げると立ち去ったのであった。

「さっそくやっちまったよ……」

店に帰ってから、柳之助は千秋にこの日の経緯《いきさつ》を伝えておいた。

「左様で……」

千秋は眉をひそめたが、さすがは強妻である。まったく動じることはなく、

「店の方には何もおかしなことは起こりませんでしたが、明日からも振り売りを続けられるのでしたら、仕返しにくるかもしれませんね」

と、妻を案じる柳之助を反対に気遣う余裕をみせた。

「だからといって、振り売りをそんなことくらいで止《や》めるわけにはいくまいよ」

「そうですね。では二、三日の間、わたしが旦那様のあとをそっとついて廻りましょう」

「おいおい、ついて廻ってどうするというのだよ」

「怪しい奴がいたら、陰に回って人知れず打ち倒してやります」

「そんな団子屋の女房がどこにいるんだよ」

柳之助は苦笑いを浮かべた。

「もちろんお前に抜かりはないだろうが、店の方も出したばかりで誰もいねえというのもなあ」

「それはそうですが、旦那様が心配で……」

「それには及ばねえよ。振り売りの合間に、通りすがりの客として、うちの連中が来てくれているので、いざという時はうまく立廻ってくれるだろう」

「なるほど、そうでしたね……」

〝うちの連中〟というのは、芦川家に仕える小者《こもの》の三平《さんぺい》と、密偵の九平次《くへいじ》である。

客のふりをして団子を買って、奉行所との繋《つな》ぎを務めているのだ。

千秋は安心したのか、いつもの屈託のない笑顔を浮かべて、

「お花は寂しがっているでしょうねえ」

と、この度の潜入に供が叶わなかった女中のお花に想《おも》いを馳《は》せた。

お花は、千秋同様に〝善喜堂〟で武芸を仕込まれていて、三平、九平次以上に頼りになる存在なのだが、姑の夏枝の面倒も見なくてはならず、

「お早いお戻りを祈っております」

と、柳之助と千秋に泣きそうな表情を向けて、本所亀戸に送り出していた。

「しがねえ団子屋に、奉公人などいるのもおかしいからな」

柳之助は、お花をも気遣う。

千秋はそのやさしさに、またも夫への慕情が募り、

「左様でございますよ。今は団子屋の仲睦《むつ》まじい、隆三郎と春でございますからね。お花を連れてはこられません……。ああ、これはわたしとしたことが、こんな言葉遣いではいけませんね。そんならお前さん、今日もご苦労さま……。もう少しお団子を売ったら早いとこ店を仕舞って、ご飯にしましょう。今日はお揚げ入りの湯豆腐に、いかの木の芽和えを拵えるから楽しみにしておくれな。こう差し向かいで一杯やりながら……」

お花のことなどすっかり忘れ、今宵《こよい》の二人の成り行きばかりを考えていたのであっ

た。

（四）

犯罪多発地域に潜入したといっても、芦川柳之助と千秋は、夫婦水入らずの暮らしを楽しんでいた。

五日ほど町で暮らしたとて、日暮れ横丁の暗部に触れられるはずもないので、「何かことが起これば、仲睦まじい団子屋夫婦の真似《まね》ごとに現《うつつ》を抜かしてなどいられなくなるんだ。それまでは気楽にさせてもらおう」

柳之助はゆったりと構えていた。

横丁で絡んできた二人組を叩きのめした翌日は、さすがに気が張ったものの、いつものように団子を売り歩く柳之助に対して、その仕返しを企《たくら》む者などいなかった。

むしろ以前より、

「団子屋」

「団子屋の兄《あに》さん」

と呼ぶ声に親しみが増したようだ。

といっても、昨日の二人組のことについては誰も何も言わなかった。

この辺りではあんな喧嘩は日常茶飯事で、取り立てて口にするほどのものでもなく、そんな話を持ち出して、とばっちりをくらってはつまらないと思っているのかもしれない。

親しげに接する態度によって、

「兄さん、なかなかやるじゃあねえか」

「あんな二人は気にしなくてもいいよ」

と、暗黙のうちに告げているつもりなのであろう。

生真面目で爽やかな団子屋と見ていたが、破落戸相手に喧嘩するだけの度胸があると知り、かえって付合いやすいと考えたのに違いない。

だが一人だけ、昨日の喧嘩について、あれこれと話しかけてきた男がいた。

「団子屋の兄さんよう。お前、名は何というんだい？」

男はいきなり名を問うてきた。

近付きになろうという意思表示と思えたが、三十絡みの男は、細面《ほそおもて》で少し顎がしゃくれたところが浮世絵に出てきそうな男振り。悪戯《いたずら》な目を向けてニヤリと笑う表情には、男の愛敬《あいきょう》が漂っている。

決して心を許せるような男ではないものの、横丁に潜入した上は、こういう喋《しゃべ》り易《やす》い男の登場は願ってもない。

「あたしですかい？　あたしはこの近くで〝千柳〟という団子屋を開いている、隆三郎っていいます。どうぞお見知りおきを」

柳之助も愛敬いっぱいに応《こた》えた。

「そうかい、そんなら隆さんと呼ばせてもらうよ」

男はそんな断りを入れた上で、

「おれは楽次郎《らくじろう》ってもんだ。この辺りじゃあ出刃《でば》の楽次郎で通っている」

「出歯？」

「出っ歯じゃあねえよ。包丁の出刃さ」

「そんなら料理人の兄《あに》さんで？」

「まずそんなところさ」

楽次郎は、勝手に団子の串を手に取ると、そのまま口に含んで、

「うん、うめえや」

と唸って代を手渡した。

「出刃の兄さんに誉《ほ》めてもらえるのなら嬉しゅうございますよ」

柳之助が言葉を返すと、

「やけに立ててくれるじゃあねえか。昨日の喧嘩を見て、お前のことがすっかり気に入っちまってよう」

楽次郎は嬉しそうに言った。

「何だ。見られておりやしたか」

柳之助が首を竦《すく》めると、

「恥ずかしがることあねえよ。初めは下手に出てやり過ごそうとしたが、相手がそれで好い気になって絡んでくると容赦なく叩きのめす……。おれはああいうの好きだねえ」

「畏れ入りやす」

柳之助は、無闇《むやみ》にここの住人に近付かぬようにして、しばらくは様子を見るつもりであったが、

「やあ、出刃の兄ィ……」

「何でえ、兄ィも団子を食うのかい？」

などと、通りすがりの住人達が、楽次郎に楽しげに声をかけていくのを見て、まずこの男を足がかりにしようと決めた。

「出刃の兄ィは、ここじゃあ顔が広いようですねえ」

「へへへ、顔が広いというより、皆に笑われているってところさ」

「笑われている？」

「こう見えてもおれは、なかなか腕の好い料理人なんだがな。ひとところで落ち着くことができねえ……」

楽次郎は、物心がついた頃から、理不尽だと思うことには、我慢がならない性質《たち》であった。

板前に成りたいと思ったが、兄貴分達はろくに料理も教えず、若い者に洗い物ばかりをさせて、

「それが修業だ」

と言う。

修業とは若い者が自分の先を行かないように成長の芽を摘み、ひたすら兄貴風を吹かせることなのか――。

そんな想いが募って、何かというと兄弟子と喧嘩になり、板場を転々とした。

しかし彼は喧嘩も強く、味に敏で要領もよく、板場を替わる度に料理の腕を上げていったという。

理不尽には立ち向かうが、かわいげと愛敬があるので、やがて方々で気に入られ、小さな料理屋や居酒屋の料理を任されるようになった。

一人で料理を拵えるのなら喧嘩にもならず、想いのままに腕が揮《ふる》えるので、楽次郎はますます料理人として名を上げたのだが、気儘《きまま》で遊び好きであるのが災いして、ひとところに落ち着くことが出来ない。

流れ者の料理人となり、遂《つい》には日暮れ横丁に潜り込み、何軒もある酒場で、忙しい店があればそこの板場を手伝い、その日暮らしをしているらしい。

「まあそんなわけで、出刃ひとつで気儘に暮らすおれを、皆笑って見ているってところさ」

楽次郎は団子を頬張りながら笑ってみせた。

「いや、羨ましがって見ているんじゃあねえですかい」

「そう思うかい?」

「ええ、あっしもこれでなかなか移り気で喧嘩っ早い方なんですがね。とどのつまりはこうやって真面目に団子を売り歩いてしまうのが性分ってやつで。出刃の兄さんのように、気儘に生きてみてえや」

「そうかい。お前にそう言われると嬉しいや。そのうち一杯やろうじゃあねえか」

「ありがてえ。あっしはまだこの辺りにきたばかりなんで、横丁で一杯やるのがどうも気後れしておりやしたから、出刃の兄ィがついていてくれたらこんなにありがてえことはありませんよ」

「そんなことなら任せておきな。夜な夜などこかで飲んだくれているから。見かけたら声をかけてくんな」

「へい。きっと、そういたしやす」

「そうだ。言い忘れていたよ。お前が昨日叩きのめした二人は、もうこの辺りにはいねえから安心しなよ」

「そうなんですかい」

「ああ、この横丁じゃあ、夜に物を言う奴が一目置かれるんだ。朝っぱらにしゃしゃり出て、団子の振り売りに絡んだあげくに返り討ちに遭うような野郎は、恥ずかしくていられなくなるのさ。ましてや、奴らのためにお前に仕返しをしてやろうなんて者はひとりもいねえ」

楽次郎はニヤリと笑って、ふらふらと曲り角の向こうに消えていった。

「なるほど……」

柳之助は、あの二人組を叩き伏せてやってよかったと胸を撫《な》で下ろした。

ここでは日暮れてからの言動しか信じられないらしい。

夜に酒場をうろつくのが、町の情報を得る何よりの手段だと思っていたものの、下手にうろつけば怪しまれるだけである。

何かよいとっかかりはないものかと考えていたが、

「出刃の兄ィか……」

愛敬があり、男気が備《そなわ》っているように見えるが、こんなところにいるのだ。その実はとんでもない悪人かもしれない。

――だが、馬には乗ってみよ、人には添うてみよ。だ。

とはいえ、ああいうどこまでも気儘に生きようとする男を見ると、柳之助はどうも今の自分がしていることが空《むな》しくなって仕方がなかった。

（五）

それから、団子屋隆三郎こと芦川柳之助は、団子が売り切れる前に、辺りをじっくり見て廻ろうと、日暮れ横丁内外を歩き廻った。

居酒屋、そば屋、一膳飯屋、楊弓場は、どこも暖簾《のれん》が下ろされていてひっそりとしていた。

所々にある古道具屋の店先を、客が冷やかしている他はまるで人気がない。

そうして時折急に細い路地から、寝惚《ねぼ》け眼をした男女が顔を出し、団子を求めるのは、どこも同じである。

こんな横丁に古道具屋が何軒もあるのは、恐らく盗品や禁制品売買の温床になっているからだと容易に想像がつく。

では、抜き打ちにこれらの店を取り調べてみたらどうであろう。

柳之助は急襲を頭に描いてみたが、調べてみたとて何もお宝は出てこないのではなかろうか。

古道具屋の主人達は、飄々《ひょうひょう》とした老人揃《ぞろ》いで、余生をのんびりと過ごしたい。だがそれにしても、若き日の活力を思い出させてくれるところには住んでいたい。そんな様子が、客と軽口を利いている言葉の端々に窺われる。

横丁の中にも小さな稲荷社があり、その奥は木立で、よく見ると会所のような小さな建物が見える。

店主達が、何かの折にここに集まるのであろうか。

その辺りのことも、急がずよい折を見て、出刃の楽次郎に訊《たず》ねればよかろう。

もしかすると、この横丁に逃げ込んできた無法者達を、住民達は同病相憐《あわ》れむという理由で、密《ひそ》かに逃がしてやっているのかもしれない──。

そして、それこそが町ぐるみで犯している罪咎《つみとが》であり、悪の巣窟とは、美しいところに住む者達が持つ、汚ない町に対するただの思い込みなのかもしれない。

実際に歩いてみるとそんな気持ちにさえなる。

──確かに一筋縄ではいかぬ。

そこにこの横丁の手強《てごわ》さがあると、柳之助は心を引き締めた。

その頃。

こちらは日々遊山気分の千秋が、団子屋〝千柳〟で、ある事件に遭遇していた。

事件といっても、血なまぐさいものではない。

表通りを行き通う町の者相手に団子を売っていた千秋であったが、荷を運ぶ近在の百姓や人足達の通行が主で、皆忙しく立ち働いているゆえに、団子屋の前を素通りしてばかりであった。

「〝善喜堂〟の娘がこれではいけませんねえ」

溜息《ためいき》をついて、茶を飲んで休息をしていると、店の前を通り過ぎた大兵《だいひょう》の浪人者が、少し先に行ったところで立ち止まった。

そうして、どこかいたたまれぬような顔をして、振り返って店を眺めた。

浪人は継ぎの当った粗末な衣服を身につけていて、角張った顔には無精髭《ぶしょうひげ》が目立っているが、熊のような面相には温かみが溢《あふ》れている。

それが、いたたまれぬ顔をして立ち止まって店先に目をやっているのだ。

千秋は気になって、道へ出てみた。

すると台の下に小さな影があり、並べてあった団子の串を見つめているのが見えた。

小さな影は、まだ十にも充《み》たぬ男児であった。

男児は、浪人が通り過ぎて、辺りに人影が絶えたので、今しも団子に手を伸ばそうとしていた。

それがいきなり千秋の姿が現れたので、咄嗟《とっさ》に一串摑《つか》むと駆け出した。

「待ちなさい！」

浪人が立ち止まって振り返ったのは、こうなるのではないかと、男児の動きを予期したからだ。

千秋は一瞬浪人に会釈すると、さっと駆け出し、またたく間に男児に追いつき、その首根っこを摑んで引き寄せた。

「何をしたかわかっているわね」

千秋は大声を出すと恐《こわ》がるだろうし、人目につかすのは避けたくて、囁《ささや》くように言った。

「あ、あ……」

男児は、何ともいえぬ絶望の表情を浮かべて、その場に立ち竦んだ。

男児は面長で整った顔立ちをしていた。

それが目を伏せて泣きそうになっている。

千秋の怒りは、彼の哀れさによってたちまちしぼんでしまった。

それでも、人の物を盗んで逃げ出そうとした罪を許すことは出来ない。

「ぶったりしないから、まずこちらにおいでなさい」

千秋は、叱るべきは叱らねばこの子のためにはならないと思って、店へと連れ帰った。

「これは悪いことだとわかっているわね」

千秋は子供の手から団子の串を取り返して、彼の目の前で掲げてみせた。

男児は、目を伏せたまま言葉を発しなかった。

老舗の大店《おおだな》の娘として育った千秋は、世間からは箱入り娘と思われていたが、〝将軍家影武芸指南役〟である父からは、厳しく武芸を仕込まれた。

その時の血の滲《にじ》むような稽古を思うと、子供を正しい道に導くのだから、少々の厳しさは必要であろう、そのように考えたのだ。

「黙っていてはわかりませんよ。どうしてこんなことをしたのです」

千秋は厳しく問い詰めた。

すると、店の外から件《くだん》の浪人者が覗《のぞ》き込むようにして、

「その子をどうするつもりなのだ？」

と、千秋に問いかけてきた。

千秋は、自分としたことが、浪人に目もくれずに男児を連れてきたのが恥ずかしくて、

「これはお騒がせいたしております。こんな年端もいかない子をどうするつもりもございません」

「うむ。それがよかろう。だが、〝どうしてこんなことをした〟と問う前に、その団子を食べさせてやったらどうだ？　その子の形《なり》は、おれよりもひどい。腹が減って死にそうになれば、人間は目の前にある食い物につい手を伸ばしてしまうものだ。理屈などなかろうよ」

浪人者は、そう言ってにこりと千秋に頰笑《ほおえ》むと、

「団子はおれのおごりだよ」

台に銭を置いて、さっさと立ち去った。

千秋はしどろもどろになって、浪人を呼び止めたが、浪人は振り向くこともなかった。

「あの、もし……」

千秋は男児を放ってはおけず、浪人を呼び止めるのを諦めて、

「そうだったわね。お腹《なか》が減っていたら、声もしっかりと出ないわね。まずお食べなさい」

と、男児に串を差し出して、己《おの》が短慮を恥じた。

男児の行為が許せなかったとはいえ、この子が盗もうとしたのは食べ物なのだ。

人間は飢えて死にそうになれば、生き物の習性として目の前にある食べ物に思わず手を伸ばしてしまう。

大人であれば、色々と言葉を尽して、食べ物を恵んでもらうことも出来るかもしれないが、子供にはそれが出来ない。

改めて男児を見れば、着物は埃《ほこり》にまみれ、垢染《あかじ》みている。顔はふっくらとしているが、手足は小枝のように細い。

何故《なぜ》一目見てこの子の事情を察し、まず団子を与えてやらなかったのか。

銭を置いて立ち去った浪人の言葉が、千秋の胸の内を貫いた。

「さあ、お食べなさい……」

千秋はやさしい声で団子を勧め、土間から座敷への上がり框《がまち》に男児を座らせた。

しかし、男児は下を向いたまま、口を真一文字に結んで、千秋から団子を受け取ろうとはしなかった。

彼にしてみても、人様のものに思わず手を伸ばしてしまった自分の罪の大きさに気付き、子供なりに悔恨と羞恥で、言葉も出ないのかもしれない。

それを思うと、千秋はやり切れず、

「お願いだから食べてちょうだいよ……」

彼女もまた泣きそうになって、男児の顔を覗き込んでばかりいた。

そんな様子がしばらく続いて、日頃は天真爛漫《らんまん》な千秋も困り果てた。

こういう時、自分一人では好い智恵《ちえ》も浮かばないものだと、つくづく世間を知った想いであった。

まだ近所付合いもしっかりと出来ていないし、団子泥棒を捕らえて持て余しているとは、この子のためにも言えなかった。

そうこうするうちに、柳之助が振り売りから帰ってきた。

膠着《こうちゃく》が続いてから、半刻《はんとき》近くがたっていた。

この時ほど、夫が頼りに思えたことはなかった。

千秋は柳之助を抱きつかんばかりに迎えると、ここまでのあらましを素早く耳打ちしたのであった。

「おう、そこの小せえの……」

訳を知った柳之助は男児の隣に腰をかけると、彼の小さな肩をぽんと叩いて、

「しけた面をしているんじゃあねえよ。団子のお代はもらっているんだ。もったいつけてねえで早く食ってくれよ」

と、親しげに話しかけた。

男児は相変わらず無言を貫いたが、ふと顔を上げて柳之助を見た。

柳之助はニヤリと笑って、

「言っておくけどな。うちの団子は滅法うめえんだぜ。うめえと言ってくんなよ。おれはお前みてえな小せえのにそう言われるのが何より嬉しいんだ。さあ、お前に一本、おれにも一本だ……」

柳之助は、男児を二親《ふたおや》に死に別れて、酷《ひど》い目に遭ってきた子であると推察した。

ここへくるまでには、やくざのような者に育てられ、色々とあったのに違いない。

それゆえ、ちょっと気の好い兄貴分の風情を出して接してみたのだ。

男児の表情に赤みがさした。

「さあ食え。おれも食う」

柳之助は団子を口に運び、美味《うま》そうに食べてみせた。

その途端、男児の腹がぐーッと鳴いた。

「ははは、こいつはいいや」

柳之助が笑うと、子供は遂に団子にかじりついた。

一度食べ始めると、男児の勢いは止まらなくなり、たちまち一本をむさぼるように食べた。

そして腹が落ち着くと、彼は千秋と柳之助を見て、

「ごめんなさい……」

ゆっくりと顔を下げて、号泣したのであった。

（六）

男児は、ぽつりぽつりと己が身上について話し始めた。

彼の名は市太郎《いちたろう》という。

幼い時に二親と死に別れ、気がついたら何者かにもらわれていた。

こ奴は平気で子供の売買をする男で、市太郎はすぐに露天商に買われた。

露天商は市太郎を自分の息子だと言って、あれこれ物を売るにあたって、いつも横に座らせていたらしい。

市太郎は愛らしい顔をしていて、体も細いので客達の目を引き、

「どうか買っていってやっておくんなさいまし、あっしは何とかやっていけても、この子はそうはいきません。今日こそは腹いっぺえ飯を食べさせてやりてえんでございます……」

男が涙ながらにこんな口上を述べると、客達は市太郎かわいさに、次々と物を買ったのだろう。

「そのおじさんは、お前を大事にしてくれなかったのかい？」

柳之助が訊ねると、市太郎は首を横に振った。

「お前がふっくらとしたら、物が売れないといって、ろくに食べさせてくれなかった……」

露天商もとんでもない男で、市太郎を侍《はべ》らせ、人の憐れみを買って商売をしていたので、この幼い子供をいつも痩せこけた体にさせておかねばならないと考えたらしい。

その上、酒癖が悪く、市太郎にはお粥《かゆ》ばかりを食べさせ、自分は酒をくらい、酔っては日頃のうさを市太郎にぶつけていたのである。

「いいか、お前はおれがいねえと、生きちゃあいけねえんだぞ」

それが口癖で、何かというと市太郎を殴りつけたという。

だが、市太郎も黙って泣いてばかりではなかった。

周りの者達が、

「お前もひどい奴につかまっちまったもんだねえ」

と慰めてくれるので、

――こんなおじさんとはいたくない。

という想いが募り、ある日、露天商が酔っ払っている時に、棒切れで思い切り殴りつけて、その場から逃げ去った。

捕まりはしなかったが、一人になると一膳のお粥さえ口に入らなくなり、市太郎はほとほと困ってしまった。

親切な物乞いが、幼い市太郎を不憫《ふびん》に思い、食べ物を少し分けてくれたりもしたが、その物乞いとて子供を養う余裕もなく、すぐに去っていった。

そこから浮浪児と察しつつ、市太郎に構ってやる者は誰も現れなかった。

川の水を飲み、野草を食べ、酒場で酔客が食べ残した物をあさろうとすれば、

「このがきが！　ここはお前のくるところじゃあねえや。うろうろするねえ！」

と、叩き出された。

世間がそんなに冷たいのなら、もう何も食べずに死んでしまおうと思い、市太郎は川の土手に寝転んで一日動かずにいた。

すると、夜になって三十半ばの男が市太郎の姿を見つけて、

「おう坊主……。お前は帰るところがねえのかい？」

と、声をかけてきた。

市太郎が力なく頷くと、

「腹も減っているようだな」

男はまた問うた。

子供ながらに市太郎は、

——見ればわかるだろう。

と、男に腹が立ちそっぽを向いた。

大人達はからかいの声をかけても、腹を充たしてくれるわけではないのだ。

「よし、たっぷりと食わしてやるから、おれに着いてきな」

しかし男はそう言うと、市太郎をせき立てて、近くの一膳飯屋に連れていき、温かい味噌汁《みそしる》と魚の干物と香の物で、たらふく飯を食わせてくれた。

「ありがとう……。これでちょっとだけ、まだ生きていられるよ」

市太郎が頭を下げると、

「おれは助松《すけまつ》ってもんだ。お前は?」

「市太郎……」

「市太郎か。どうでえ、おれの仲間にならねえか」

「なかま?」

「乾分《こぶん》になるなら、こんな飯くれえ毎日食わせてやるぜ」

助松は市太郎の頭を撫でて、やさしい口調で告げた。

どうせよからぬことをしている男であるのに違いなかろうが、次に腹が減った時、また飯が食えるのなら、どこにだって行く――。

市太郎は、土手の上で死んでやろうと思っていたのだからもう何も恐くはない、と、生きる本能のまま助松に付いていったのである。

そうして、連れていかれたところが、辺り一面に田畑が広がる景色の好い長閑《のどか》なところに建つ寮であった。

「お頭、お帰りなせえやし」

「何です、その小っせえのは？」

中へ入ると、若い男が数人、助松を出迎えて市太郎に怪訝《けげん》な目を向けた。

「こいつは市太郎だ。今日から面倒を見てやんな」

助松はお頭と呼ばれていた。

そして、若い男達は彼の乾分で、この先自分の兄貴分になるのであろうか。

市太郎は、そんなことを考えたのをおぼろげに覚えているという。

しかし、ここは悪人の巣であるとすぐに悟った。

孤児で、悪い奴達としか関わってこなかった市太郎である。数え歳十《どし》にして、悪党の匂いには敏《さと》くなっているのだ。

助松は、〝百足《むかで》の助松〟と呼ばれる、掏摸《すり》の頭目であった。

「市太郎、お前は見てくれが好いから、人前に出たら、いつもにこやかにしておくがいいや。懐《ふところ》があったけえ奴は、お前が笑うとほのぼのとして隙だらけになる。そこがこっちの狙いどころよ」

助松は、自分が掏摸だとはっきり告げず、市太郎が担う役割について、手取り足取り教えた。

たとえば、これといった的を見つけたら、まず市太郎がその前で派手にこけてみせる。狙う相手は、まだあどけない市太郎を哀れに思い、

「坊や、大丈夫かい」

と駆けよるであろう。

市太郎は、痛い痛いと泣き喚《わめ》き、さらに相手の憐れみを買う。

「どうかしましたかい？」

そこへ、助松の乾分達が集まってきて、そのどさくさに懐中の物を掏《す》るという寸法である。

そのような稽古をさせられると、幼い市太郎とて自分がいけないことに加わるのだと、すぐにわかる。

「そんなことをして、お役人につかまらないのかい？」

市太郎は、捕えられて牢《ろう》へ放り込まれるのが恐くて訊ねた。

「お前はただ、痛い痛いと泣いているだけだ。何も悪いことはしていねえじゃあねえか。てえことは、捕まりもしねえってわけさ」

助松はこともなげに応えた。

自分は掏った奴とは何の関わりもないと言って泣いていれば、役人も幼い市太郎をしょっ引いたりはしない。

そう言われると、悪いことではあるが、自分の身は危なくはないと思えてきた。

それに、自分にはもう頼るところはここしかないのだ。

少々危ない橋を渡ったとしても、雨露しのげるところと、日々の飯にありつけるのならば、助松の言う通りにするしかない。

市太郎は、内心ではとても恐かったが、百足の助松の一味となって、言われるがままに過ごし始めたのであった。

助松の企みは当った。

市太郎が道端で泣いているのを見れば、風体《ふうてい》の好い町の男は何ごとかと立ち止まった。

素通りする者の方が多かったが、市太郎もそのうちに慣れてきて、狙う相手の目の前でいきなり地面に転んだりして、自分に構ってくれるようにもっていった。

助松とその乾分達は、市太郎が注意をそらしたところを逃がさず、見事な腕で財布を掏り取った。

「市太郎、お前は役に立つぜ」

仕事が上手くいくと、助松は市太郎が望むものを腹いっぱい食べさせてくれた。

その辺りは、あの強欲な露天商とは違い、市太郎を仲間にしておこうと、それなりに餌を目の前にちらつかせてくれたといえる。

相手の注意をそらしはするが、自分が財布を盗むわけではないのだ。持っている者から少しくらい盗む手伝いをしたとてよいではないか。

市太郎は、勝手な理屈を頭に浮かべて、百足一味の一人として、その役割を果すようになっていた。

しかし、彼の心の中から、人様のものに手をつけるという罪悪感が、まったく消えたわけではなかった。

こんなことをしていると、いつか恐《おそろ》しい報いが待っているのではないかと、腹を充たした後で、いつも不安に襲われていたのだ。

おまけに、百足の助松と共に暮らすうちに、自分にはやさしいこの男が、実はとんでもない悪党であると知れた。

対立する掏摸の一団には、容赦のない制裁を加え、力尽《ちからず》くで潰しにかかるし、乾分のしくじりに対する処罰も厳しさを極めた。

――ここから逃げだしたい。

日毎《ひごと》にその想いが強くなっていたが、かといって行くところもないし、助松に見つかった時はどうなるか考えると、それも恐しかった。

だが、五日前に事件は起こった。

（七）

その日も、市太郎は兄貴分と共に、人通りの多い通りを目指して外へ出た。

同じ通りばかり狙っていては足がつき易いので、夜明けと共に遠出をした。

市太郎には、そこがどこかもはっきりとわからなかったが、助松と乾分が話している様子を窺い見ると、〝板橋《いたばし》〟という場所らしい。

ここは、千住《せんじゅ》、品川《しながわ》、内藤新宿《ないとうしんじゅく》と並ぶ〝四宿〟のひとつで、これから江戸を出る旅人の懐にはそれなりの金銭があるだろうとの狙いであった。

市太郎は、兄貴分に言われるがままに、商用で旅に出る商人を的にして、いつものように相手の前を駆けて、通りの角でいきなり転んだ。

「ああ、いたい……」

べそをかく市太郎に、商人風の男は駆け寄った。

「助けておやり」

商人風は、連れの老僕に指図して、自分も市太郎の前に屈《かが》み込んだ。

「坊や、男はそれくらいで泣いちゃあいけないよ」

やさしい言葉をかける商人風に、兄貴分二人が通りの角からやってきて、出合い頭にぶつかりそうになり、

「おっと危ねえ……」

「角の向こうから見えませんで……、勘弁してやってくだせえ」

と、頭を下げてやり過ごそうとした。

だが、実はこの時、兄貴分の一人は、商人風から巧みに財布を掏りとっていた。手練《しゅれん》の早業であった。

このまま上手くいくと思われたが、

「それなる二人連れ、待て、待たぬか」

一人の剣客風の武士が通りすがりに呼び止めた。

「へい、何でございましょう」

兄貴分は、こういう時は騒がずに平然としている方がよいと知っている。にこやかに武士に向き直った。

「何でございましょう？　覚えがあろう。これ、そこな旅の衆、懐の財布は無事か？」

武士は、兄貴分二人が掏摸と見破り、商人風に訊ねた。

商人風は、懐を探ると、

「な、無い……！　お武家様、こ奴らの仕業に違いございません」

武士に助けを求めた。

その刹那《せつな》、兄貴分の一人が、

「無いってえのは、こいつのことかい？」

と、掏った財布をみせると、武士めがけて投げつけて、脱兎《だっと》のごとく逃げた。

もう一人も別の方へ逃げ出した。

百足の助松は、足が速いゆえに付いた異名で、乾分達も逃げ足の速いのを揃えていた。

財布を投げつけるのは、ひとまず掏られた物が戻ったという安堵《あんど》が、相手の出足を鈍らせるという助松の教えからだ。

市太郎も、兄貴分二人に人の目がいっている隙に逃げた。

自分はただ道で転んだだけのことだと、嘯《うそぶ》けるほどの度胸もまだ備ってはいないのだから無理もなかった。

ただただ、見つかったという恐怖に襲われたのだ。

幸い、その場にいた者達は、転んだ子供がいつの間にかいなくなったことを不審には思わなかったようだ。

そっと場を離れ、路地へ入ってから駆けるという心得だけは、忘れずにいたのが功を奏したと言える。

そして、逃げた上からは、助松の許《もと》からは離れてやろうと決心した。

一旦、悪事に手を染めた自分が、まっとうに生きていけるかどうかはしれないが、助松の持つ恐しさから逃れられるのなら、何だってするという気力が生まれてきたのだ。

とはいえ、やはり世間の人の目は厳しかった。

人の目を気にして、こそこそと逃げ回る子供には、誰も手を差し伸べようとはしなかったし、市太郎自身も百足の助松に付いていってしまったことを悔やんでいたので、大人を信じられなくなっていた。

下手に大人に甘えて、自分が掏摸の一味の者だとわかれば酷い目に遭うであろう。

逃れて逃れて、市太郎は少しでも遠くへ行こうとした。

板橋から本所まで。

子供の足だと随分遠くまできた気がしたことであろう。

ましてや、人目を避けての行動である。

逃げた時には、助松からもらった僅かな小遣い銭が懐の内にあったので、子供相手の団子売りや飴《あめ》売りから買って飢えをしのいだがそれもすぐになくなった。

「逃げる時はよう、薄汚ねえ小倅《こせがれ》が走り回っているような町を選んで身を隠すに限るぜ。よく覚えておきな」

助松はそう言っていた。

この悪党の呪縛から逃れようとしているのに、助松の教えに従っているところが、市太郎の哀れといえよう。

そして、流れてきたのが本所亀戸であった。

ここなら町の子供達に紛れて目立たないのではないかと思ってたが、市太郎の空腹は既に限界に達していた。

この近くには〝日暮れ横丁〟という、酒場が続く一角があると、男達の会話を耳にした市太郎は、そこへ潜り込めば何かおこぼれにありつけるのではないかと思った。

しかし、そこへ辿《たど》り着く前に精根尽き果て、道端に座り込んでしまったところ、目の前に団子の串が見えた。

醤油が焦げる好い香りが鼻をついた。

気がつくと、市太郎の手は団子の串に伸びていたのであった。

（八）

「何と無惨な……。こんなことがあってよいものでしょうか」

千秋は市太郎の語るこれまでの経緯を、しっかりと自分の頭の中でまとめ、理解して嘆息した。

「もう何も案じることはありませんよ。あなたを決して死なせたりはしませんからね」

そして、涙ぐむ市太郎をきつく抱き締めて、自らもおいおいと泣いた。

柳之助は、やさしい妻の姿を目を細めて眺めていた。

これまで千秋は、この世にはとんでもない悪人がいて、非力な者を苦しめているという現状はよく理解していた。そして、

「そんな不逞《ふてい》の輩を引っ捕える旦那様のお務めは、ほんに立派なものでございます。そのお手伝いをさせていただけるなら、これほどの果報はございません」

と、予々《かねがね》夫の芦川柳之助に告げていたが、これほどまでに不幸な子供が世の中にいるととは知らず、愕然《がくぜん》としたのだ。

それと共に、柳之助は定町廻り同心であった時からそんな世情に触れて、日々勤めてきたのだと思うと、自分の気楽さが恥ずかしかった。

いくら正義だとはいえ、市太郎から団子を取り上げ、

「どうしてこんなことをしたのです」

などと厳しく問い詰めた様子を見て、そんなことを問う前に、

「その団子を食べさせてやったらどうだ？」

と、通りすがりに団子の代を置いて去っていった浪人が思い出された。

――まったくその通りでした。

今、千秋はつくづくと自分が情けなかった。

「腹が減って死にそうになれば、人間は目の前にある食い物につい手を伸ばしてしま

うものだ。理屈などなかろうよ」

浪人はそうも言った。

そのあたりのことも汲《く》んで、市太郎に接してやるべきであった。

彼女は、所詮自分は苦労知らずのお嬢様育ちなのだと思い知らされ、たちどころに市太郎の閉ざされた心の扉をこじ開けた柳之助への思慕がさらに強まったのである。

「市太郎、よく話してくれたな。これで悪い奴らの見当もついたってもんだ。お前は何も悪くはないさ。生きるために脅されてしたことは何の罪にもならねえよ。これからは、まっとうな暮らしをして、今まで体にこびりついた垢を落とせばいい」

柳之助は市太郎を諭して、千秋が拵えた夕餉を三人で食べると、気持ちも落ち着いた市太郎に、

「しばらくはおれ達と一緒に暮らせばいいさ。いや、ずうっとここにいたっていいんだよ」

と告げたものだ。

柳之助と千秋は、日暮れ横丁探索のために潜入している。

ずっとここにいてもいいとは言えない立場であるから、市太郎にこんな気休めを言うのは気が引けたが、今は心安らかな日々を送らせてやりたかった。

そして、市太郎がしかるべきところで、まっとうに暮らしていけるよう取りはからってやるくらいのことは出来る。

その夜はぐっすりと眠りについた市太郎の寝顔をつくづく眺めながら、柳之助は千秋に己が想いを伝えた。

「はい、それが何よりかと思います」

千秋は安堵の表情を浮かべた。

市太郎が、団子屋〝千柳〟の前へと流れてきて、ここの団子に手をつけたのも、神仏の思《おぼ》し召しだと思えた。

かりそめの団子屋隆三郎、お春夫婦とはいえ、探索の邪魔になるからと、今すぐ市太郎をどこかへやるなど出来なかった。

そうすれば、市太郎はここでも大人に邪険にされたと心に傷を負うかもしれない。

世の中捨てたものじゃあない。自分の先行きにも望みが持てると心から思えるまでは、夫婦して市太郎の面倒を見てやりたい。

そんな甘口を言っている場合ではないのに、同時に同じことを考える。どこまでもお人よしの夫婦の絆《きずな》は、こういうところで深く結びついているのであった。

夕餉がすむと、夫婦は市太郎を寝かしつけて、この先のことを語り合い、朝を待った。

朝になると千秋は子供用にと、茶碗《ちゃわん》、箸などを買い求め、朝餉をすませてから団子の仕込みにかかった。

買い物をすると、

「子がいると大変ですねえ」

などと声をかけられて、

「ええ、そうなんですよ。まったく手がかかって仕方がありませんよ」

などと応えるのが、やけに楽しかった。

団子の仕込みを市太郎は甲斐甲斐《かいがい》しく手伝った。

何かを拵えてそれを売り、銭を得るという仕組みは頭でわかっていたが、実際にそれに携わると物珍しくて、夢中になれたようだ。

柳之助は市太郎を千秋に託し、いつものように振り売りに出た。

まず稲荷社の前で、通りすがりの客を装う三平と、

「いつもありがとうございます」

「やはり団子は醤油だね」

などという会話を交わして、そっと結び文《ぶみ》をやり取りするのが日課になっている。

そこには、日暮れ横丁についての探索記録と、奉行所からの指示が、符牒《ふちょう》によって記されている。

とはいえ、これまでは特に奉行所からの指図もなく、柳之助からの報告にも、見るべきものはなかった。

だがこの日の柳之助からの文には、定町廻り同心で、柳之助の盟友である外山壮三郎《とやまそうざぶろう》を呼び出してもらいたいとあった。

一読するとすぐに火にくべるか、びりびりに破いて川や堀に捨てる結び文であるが、三平は、

「何ごとが起こったのだ……」

と緊張を覚え、すぐに壮三郎に繋ぎをとったものだ。

壮三郎と落ち合う場所は亀戸天神社の太助《たすけ》灯籠と呼ばれる石灯籠と決めていた。

振り売り中の一休みをする団子売りと、

「団子屋、ひとつもらおうか」

それを買い求める見廻り中の同心を装ってのことだ。

「何かあったか？」

壮三郎は大きな体を縮めるようにして訊ねた。

三平と繫ぎをとって一刻後に会ったのであるが、壮三郎は駆けてきたのであろうか。いささか息が乱れていた。

「いや、そう問われると何とも言い辛いのだが……」

柳之助は声を潜めて、市太郎を預かることになった経緯を、壮三郎に報《しら》せた。

「なるほど、子供をのう……」

壮三郎は、しかつめらしい顔で頷いた。

夫婦して団子泥棒の面倒を見ようとは何と暢気《のんき》なことだ。お上から下されている掛かりは、日暮れ横丁探索のためのものなのだぞと、生真面目な壮三郎は苦言を呈すであろうか。

そうなると古参与力の中島嘉兵衛にかけ合って、市太郎の罪を許してもらった上で、更正出来るように考えてやらねばなるまい。

「うむ、柳之助、よいことをしたな。今はおぬしのいうように、ひとまず団子屋で預かって、そのうちにしかるべきところに落ち着かせてやるのが何よりであろうな」

しかし、壮三郎は柳之助と千秋と同じ想いであり、柳之助は胸を撫で下ろした。

「市太郎のお咎《とが》めはないようにしてやりたいのだが」

さらに問うと、

「言うまでもあるまい。子供が脅されてしたことだ。市太郎に罪などあるものか」

壮三郎はこれについても言下に応えた。

「それにだ。子供の面倒を見ようかなどという、お節介で、お人よしで、甘口の夫婦がだな、まさか横丁の探索に潜り込んでいるとは誰も思うまい」

これには柳之助も苦笑するしかなかったが、壮三郎の言う通りであった。

唸らされてばかりの柳之助であったが、

「もうひとつ気になるのは、百足の助松という掏摸の頭だ」

と、持ちかけた。

市太郎の話は断片的で、言葉ではうまく言い表わせないところもあるようで、なかなか要領を得なかった。しかし助松なる男が五、六人で一家を構え、かなり乱暴なこともしでかしているのは確かであろう。

市太郎がしくじった時、兄貴分二人は逃げたようだが、その後どうなったか、調べてみる必要がある。

まんまと逃げ果《おお》せていたとしたら、再び悪事を働く恐れもある。

また、しくじった二人を助松がどうしたかも興がそそられる。

どこか遠くへ逃がしたかもしれないし、また、口封じに始末したとも考えられる。

そうなると逃げた市太郎をそのままにしておくかどうかも疑わしいが、市太郎は助松の隠れ家がどこにあったか、その処までは詳しくわかっていなかった。いざという時のために、ほとんど寮の中に押し込めて、仕事に行く時だけ連れて出るという籠の鳥に仕立てたのであろう。

市太郎はあの日、掏摸の一味として捕えられてはいないので、

「隠れ家さえ変えてしまえば、市太郎などどうなろうがよい」

と、高を括《くく》っているのに違いない。

それに、市太郎を不憫に思い、片時も傍から離さない千秋は、そこら辺りの掏摸の悪党一味の者が束になってかかっても返り討ちにしてしまう武芸の達人なのだ。

むしろ市太郎を見つけて傍へ寄ってくれる方が、奉行所としてもお縄に出来るはずだ。

「裏の渡世では、百足の助松と呼ばれる掏摸の一味が、どのような連中なのかを、この折にしっかりと調べてみよう」

そうして、きっとお縄にしてみせると胸を叩いて、柳之助の前から立ち去ったのであった。

（九）

団子屋隆三郎こと芦川柳之助は、外山壮三郎と別れた後、すぐに〝千柳〟へ戻った。

僅か一日というのに、市太郎はすっかり元気になって、千秋を手伝っていた。

千秋もそこは心得ていて、市太郎を店先には出さず、人目に触れぬようにしたが、

「市《いっ》つぁん……」

と、呼んで堂々と手伝わせて、ことさらに隠すような真似もしなかった。

市太郎は、それによって日の目を見る暮らしを送れるようになったと思うであろう。

それが新たな希望に繋がるはずだ。

柳之助は、千秋の子供の扱いに満足をした。

しばし遠目に千秋と市太郎を眺めてから、柳之助が店へ入ると、

「お帰んなさい！」

ふくよかな顔に笑みを湛《たた》えて迎える千秋に寄り添い、

「おかえりなさい……」

市太郎は遠慮気味に言った。

「よう市、手伝ってくれていたのか、お前はお利口だな」

柳之助は市太郎の頭を撫でた。

すると、外から中を覗き込むようにして、

「おや、手伝っているのか。うむ、感心じゃな」

一人の浪人者が声をかけてきた。

「ああ、これはどうも、昨日はお恥ずかしいところをお見せしました」

浪人を見て、千秋が小腰を折った。

昨日、市太郎が串に手をかけるのを認めた大兵の浪人であった。

「はて、何も恥ずかしがるようなことはなかったはずだが……」

浪人は小首を傾《かし》げると、今度は柳之助を見て、

「亭主殿かな？」

と頬笑んだ。

柳之助は畏まって、

「へい、お春の亭主の隆三郎と申します。昨日は、団子のお代をちょうだいしたようで、相すみません。それはお返しいたしますのでお収めくださいまし」

団子代の銭を差し出そうとしたが、

「いやいや、それには及ばぬ。あれはこの子へのほんの気持ちでな」

浪人は笑顔で制した。

「それより、この子はこれから先も店を手伝うことになったのかな？」

「へい。これも何かの縁だと思いましてね」

「左様か、それはよい。おぬし達夫婦と一緒なら何よりだ」

「そう思われますかい？」

「ああ、おれの目から見ると、団子屋夫婦は馬鹿がつくほどのお人よしだ」

「そいつはまた手厳しい……」

「誉めているのじゃよ。ははは、それならおれが昨日見たことは、夢であったと忘れてしまおう。うむ、たった今忘れたゆえ、案ずることもない。坊、しっかりと励むのじゃぞ」

浪人は市太郎に言い置くと、笑みを振り撒《ま》いて立ち去った。

「あの、もし……」

千秋がすかさず呼び止めて、

「お武家様は……？」

「おれか？　おれはこの近くに住んでいる、猫塚禄兵衛《ねこづかろくべえ》という者だ。ふふふ、猫塚だが熊のようだといつも笑われる。見ての通りの浪人さ。また会おう……」

猫塚禄兵衛は、そうして通りの向こうに消えていった。

「よく心得た、やさしいお人だな……」

柳之助は感じ入った。

夫婦で引き取るのかとは問わず、

「この子はこれから先も店を手伝うことになったのかな?」

というのは当を得た訊ね方であった。

昨日、禄兵衛は市太郎が団子の串を盗もうとしている様子を唯一人目撃していた。

だがそれも、

「たった今忘れたゆえ、案ずることもない」

と、言って夫婦を安心させた。

「それに、随分とお強そうな……」

千秋は、禄兵衛の身のこなしを見て確信していた。

──何かの折には頼りになろう。

柳之助と千秋は頷き合って、その想いを共有した。

怪しげな者達が、日暮れ横丁とその周辺にはたむろしている。

そう考えていたが、どこにでも良心はあるものだ。

それを実感出来たのが嬉しかった。

「さあ、もう一仕事だ」

柳之助と千秋は、市太郎と共に団子を売りながら、注意深く町を行き通う人の様子を見て、その日も終えた。

市太郎の前で、うっかりと秘事は口に出来なかったが、それがかえって二人を団子屋の夫婦らしく見せていたし、緊張の持続を保たせていた。

一日が終り、市太郎を寝かせると、

「いよいよ明日の晩は、横丁の飲み屋に顔を出すよ」

柳之助は千秋にそっと告げた。

出刃の楽次郎は、今日も柳之助から団子を買って、

「そろそろ横丁に飲みにきなよ。そんなにおっかねえところじゃあねえよ」

と、柳之助を誘っていた。

おっかないところを探りに行くのが、柳之助の仕事である。

千秋は、いよいよ本格的な潜入が始まるのかと気を引き締めて、

「どうかご用心を」

と、柳之助の前で姿勢を正して、

「そのうちわたしも、〝お酒ばっかり飲んでいるんじゃあないよ〟なんて怒りながら、亭主を捜して横丁に顔を出しますからね」

と、真顔で告げた。

「ああ、そいつはいいね。だが、その時に、この子をどうするかだなあ」

柳之助は、続きの間で眠っている市太郎の寝顔を覗き込む。

「まず、そこは考えないといけませんね」

千秋が神妙に頷くと、市太郎が寝返りをうった。

柳之助は破顔して、

「それにしても、どうしてこう、子供の寝顔はかわいいのだろうなあ」

「ええ。ずうっと見ていても飽きませんね」

こんな風に我が子の寝顔を夜毎眺め、つくづくと幸せを感じる日が自分達にはいつ訪れるのであろうか。

夫婦はそれぞれ想いを巡らせて、しばし市太郎の寝顔を見つめていた。

第二章　遊び人

（一）

夕暮れの日暮れ横丁は、はっとするほど美しかった。

空の赤さが重く暗く変わりゆく中で、方々の店が、ひとつまたひとつと軒《のき》の行灯《あんどん》を点《とも》し始める。

やがて辺りが夜の色に染められると、灯火《ともしび》は吸い込まれそうな妖しい輝きとなる。

——なるほど、ここに通いたくなる奴《やつ》らの気持ちがわかるぜ。

町をゆったりと歩きながら、芦川柳之助《あしかわりゅうのすけ》は夢を見ている心地がしていた。

そこにいるだけで、心のうさが遠い日の思い出に変わっていく。

柳之助とて、定町廻《じょうまちまわ》りの頃から、あらゆる盛り場の夜を見てきている。浅草《あさくさ》や深川《ふかがわ》の夜もまた美しいが、この横丁には、

「ふと何げなく足を踏み入れたら、そこには人の遊び心をかき立てる、妖しの迷路があった」

と思わせる風情がある。

このまま自分は一生ここから外へ出られないのではないかという危険な香り。

夢に逸《はぐ》れた男には、特にこたえられない魅力があるのだ。

この夜、柳之助は縞柄《しまがら》の半纏《はんてん》を引っかけた少しくだけた姿。

日の高い間は、団子売りとして横丁に姿を見せるが、日が暮れると時に鯔背《いなせ》な町の男となって一杯やりに来る。

そんな様子を見せんとしたのだ。

その思惑はうまくいったといえよう。

「よう、団子屋の兄《あに》さんじゃあねえか」

「まあゆっくりと楽しんでいきなよ」

「夜になると見違えるねえ」

「うちの店で飲んでいっておくれよ」

などと、団子の客から声がかかった。

これもやはり、絡んできた二人組を叩《たた》き伏せたのが利いているらしい。

ちょっとやくざな物売りの方が、連中も付合い易《やす》いのであろう。

「こいつは日頃からご贔屓《ひいき》、相すみません。まだまだ慣れねえんでね。ちょいと一周《まわ》りさせてもらいますよ」

とはいえ、多少喧嘩《けんか》が強くとも、あくまでも下手《したて》に出てほどのよさを見せるのが肝である。

少し歩いただけで、なかなか横丁に馴染《なじ》めたような気がした。

柳之助が一周りしているのは、遊び人の出刃《でば》の楽次郎《らくじろう》の姿を捜すためであった。

まず横丁潜入の取っかかりとしては、彼とつるむのが何よりだと柳之助は考えていた。

毎日のように飲んだくれているから、見かけたら声をかけてくれと言っていたので、方々酒場の内を覗《のぞ》いていると、横丁の中ほどまで行ったところで、

「おいおい、そりゃあねえだろうよ」

という、聞き覚えのある声が聞こえてきた。

紺暖簾《こんのれん》の隙間から中を覗くと、正しく楽次郎であった。

そこは〝きよの〟という、なかなかに広い居酒屋で、楽次郎は女将《おかみ》らしき女にしかめっ面で向き合っていた。

「うちはねえ、付けはお断りなんだよ」

女将は、ちょっとからかうような目で楽次郎に向き合っている。

横丁の女達は、夜になると白粉《おしろい》で闇に妖しく顔を浮かべるが、この女将は薄化粧で、浅黒い顔がかえってあっさりとした色香を醸している。

楽次郎はこの店に飲みにきたものの、文無しを見破られ、飲ませてもらえないようだ。

「ようし、そんなら出刃のお出ましだ。板場を手伝うからよう、ひとまず冷やで一杯……」

「そいつもお断りだね」

「どうしてだい？」

「出刃を揮《ふる》うには、今日はもう飲み過ぎたようだ」

「飲み過ぎだと？　しゃらくせえこと言うねえ。おれはちっとも酔っちゃあいねえや……！」

「それが酔っているってえのさ。他所《よそ》の店を当っておくれな」

はきはきと応える女将を前にして、

「頼む……。おのぶさん、きれいだねえ……」

「おだてにはのらないよ」

「おれは心底そう思っているのさ。ああ、きれえだきれえだ」

「ふふふ、やっぱり酔っているよ」

客達は皆、ニヤニヤしながら二人のやり取りを見ている。

楽次郎とおのぶの、〝飲ませろ〟〝他所の店を当れ〟というのは、ちょっとした店の名物になっているように思える。

柳之助はこれをよい機会と捉えて、

「出刃の兄さん、お困りかい？」

と、店の中へと入った。

「何だ、隆《りゅう》さんかい。こいつは好《い》いところにきてくれたぜ」

「そのようだな」

悪戯《いたずら》っぽく頰笑《ほおえ》む楽次郎に、柳之助はにこやかに頷《うなず》くと、

「銭はおれが払うから、兄ィとおれに飲ませてくんなよ」

おのぶに酒を頼んだ。

「おや、楽さん、とんだところに救いの神だねえ」

おのぶは、また楽次郎をからかうと、

「そんならすぐにお酒を……」

柳之助に小腰を折って、板場へ入った。

見慣れぬ顔ゆえに、何か訊《き》かれるかと思ったが、おのぶは余けいな口は利かずに、酒の仕度にかかったものだ。

「隆さん、かっちけねえ……。この横丁じゃあ、どこも客のことを知りたがらねえ。そこが好いだろ」

楽次郎は、柳之助の想《おも》いをすぐに察して、柳之助に告げた。

「おれみてえな新参者でも快く受けてくれるのかい？」

「快くとは言えねえがな。まあ、他人のことはどうでも好いってことさ」

「それが何よりだね」

「そういうことだ。この横丁に酒を出す店が集まっているのは、人の詮索を受けねえで飲めるところだからだよ」

「なるほどねえ。で、兄ィはこの店がお気に入りで？」

「まあ、そんなところだな」

楽次郎はニヤリと笑うと、声を潜めて、

「おのぶはよう、日の本一の好い女だからよう……」

「女将目当てってわけで」

「ああ、ここの板場なら、ずうっと雇われても好いと思っているのだが、あんな風におのぶはおれに素っ気ねえのさ。だが、素っ気ねえのがまたこたえられねえ」

「そいつは大変だ……」

「言っておくが隆さん、お前はおれに劣らねえ好い男だが、おのぶには惚《ほ》れるんじゃあねえぜ」

「そんなら大丈夫だよ。おれにはね。一緒になったばかりの恋女房がいるのさ」

「なんでえ、そうなのか。夫婦で仲よく団子屋か、ヘッ、惚気《のろけ》言ってねえで家で差し向かいで一杯やりゃあ好いだろうよ」

「いつも一緒じゃあ喧嘩の本さ。今日は兄ィと飲みたくてね」

「へへへ、そうかい、お蔭《かげ》で今日もおのぶの店で飲めたぜ」

楽次郎は柳之助にすっかりと打ち解けたようだ。

「はいよ。お待ちどおさま……」

そこへ、おのぶが燗《かん》のついたちろりを、熱々のあんかけ豆腐と共に運んできた。

おのぶは柳之助に一杯注《つ》ぐと、

「楽さん、好いお仲間ができたようだね。何よりだよ」

そう言い置いて板場へ去っていった。

「おい、おれには注いでくれねえのかよ……」

ぼやきつつ、楽次郎は楽しげであった。

おのぶのような、誰にも媚《こ》びない女が、この遊び人の好みらしい。

「隆さん、言っておくがよう。この横丁にはな。おれに〝ほの字〟の女はくさるほどいるんだぜ」

柳之助が酒を注いでやると、楽次郎は得意気に言った。

「まあ、そりゃあ兄ィは男振りが好いからねえ。だが女に惚れられるより、惚れている方が好い心地なのかい」

「隆さん、よくわかっているじゃあねえか。どうでえ、横丁で一杯やるのも悪かねえだろ。恋女房と一緒にいるのが飽きたら矢場が楽しいぜ」

「矢場が楽しいとわかっていながら、ここで女将につれなくされるのが楽しいとは、兄ィはおもしれえ男だね」

「おもしれえかい？　まあ、よろしく頼むぜ」

「こっちこそ頼むよ」

柳之助は、話が弾んできたところで、

「だが兄ィ、この辺りは妙なところだな」

「何が妙だ？」

「横丁は賑《にぎ》やかだし、酒も女も、探せば博奕《ばくち》だって打てるんだろう」

「ああ、一通りは揃っているようだな。まあ博奕は胴元が頼りねえ、小博奕ってところだがな」

「それなのに、辺りを取り仕切っている親分がいねえや」

「処《ところ》の親分か……」

「聞いたことあるかい？」

柳之助はその謎を問わんと、小声で切り出した。

「そういやあ、いねえなあ。親分とか元締とか、そういうお人がよう」

楽次郎は首を傾《かし》げたが、

「隆さんはおもしれえところに気が回るんだなあ」

彼はただ、酒を飲み続けた。

そんなことには興味がないらしい。

この横丁一帯の魅力は、何に対しても気遣わずともすむところで、不思議であっても、深く考えたくもないというのが、楽次郎の想いなのであろう。

それでも楽次郎は、酔いが回ってくると、ふと思いついたように、

「だが、陰にいてこの辺りを牛耳っている野郎はいるかもしれねえなあ」

ぽつりと言った。

柳之助は、神妙な面持ちで、

「やはりそうなのかい。陰で仕切っている奴がいるのかい？」

さらに問いかけた。

「そんなことは知らねえよう。いるかもしれねえと思っただけだよ……」

楽次郎は何やら難しい顔になって、

「おのぶには男が付いているというもっぱらの噂《うわさ》でな」

「そうなのですかい？」

「ああ、そいつへの未練がおれへの恋心を断っちまっているのに違《ちげ》えねえ」

柳之助は首を傾げて、

「兄ィは、その相手が、この辺りを陰で取り仕切る大立者だと言いたいのかい？」

「そういうことだよ。それくれえの大物でないと、おれの恋仇《こいがたき》には不足じゃあねえか」

「なるほど、そういうことか……」

柳之助は苦笑した。

楽次郎は、おのぶほどの女が情夫にする男は、自分の他なら闇の元締くらいのものだと言いたいだけらしい。

少しやさぐれている楽次郎なら、横丁の表も裏も訊《たず》ねられると思ったが、いささか当てが外れたかもしれない。

では、あらゆる欲を捨て、日々気楽に酒を飲み、おのぶを口説き落すことだけに生き甲斐《がい》を覚えている男なのであろうか。

――いや、そうでもあるまい。

そもそもこの横丁には何か目的があって潜り込んだのだが、同じ暮らすのならおもしろおかしくしていようと割り切っているのに違いない。

冗談ばかりを言っている楽次郎であるが、先ほどからこの居酒屋の人の出入りに鋭い視線を向けていることに、柳之助は気付いていた。

おのぶには、酒に酔っているのに板場を手伝うなどとんでもないとあしらわれてい

たものの、

——楽次郎は、酒に飲まれてはいない。

何かことあれば、たちまち素面《しらふ》に戻れる男だと柳之助は見ていた。

彼はこの横丁に、誰かの姿を求めてやってきたような気がした。

しかもその相手は堅気ではないはずだ。

何者かはまったくわからないが、ここでその相手と巡り会ったとすれば、何やら一波乱起こりそうな——。

出刃の兄ィの仲間として、その波乱にうまく首を突っこむことが出来れば、

——その時は、この日暮れ横丁の闇に、少しでも近付けるかもしれない。

そんなことを胸に密《ひそ》かに抱きながら、楽次郎には仲間のふりをしてとりとめもない話をする。

隠密《おんみつ》の仕事はこういうところが辛《つら》い。

身分を偽り、嘘《うそ》をついてでも近寄って情報を得る。

いかに御上の務めとはいえ、人を騙《だま》してばかりの日々を送らねばならないのは虚《むな》しいことだ。

「隆さん、見ておくれよ。ここから眺めるおのぶも好い女だろう」

人の出入りに鋭い目を向けていても、とどのつまりはおのぶの話に落ち着く。

この憎めない男と一杯やっていると、柳之助はやけにほっとさせられるのであった。

（二）

日暮れ横丁の夜の潜入も、無事初日を終え、団子屋に戻った柳之助であった。

「まずは、横丁に馴染めたようだ……」

既に市太郎《いちたろう》は床に入っていて、柳之助は起こさぬように、小声で千秋《ちあき》に報告をすると、

「それで、こっちの方は、おれが出かけてからは何ごともなく……」

市太郎のことなどを訊ねた。

「はい。好い子にしていましたよ」

懸命に働き、よく食べ、合間には千秋から手習いを指南されたという。

「そうか。そいつは何よりだ」

「早く明日になってほしい……。そう思って床に入ったことなどなかったので、毎日が楽しくて仕方がないと言っていましたよ」

「市太郎がそんなことを……」

胸に沁《し》み入る言葉であった。

市太郎は、当り前の暮らしに、生きている喜びを見つけたようだ。無邪気な言葉に不憫《ふびん》が募る。

「やはり当分の間は、ここに置いておくしかないな……」

「そうですね……」

そのうちに、千秋も横丁の闇を探りに外へ出ないといけなくなるであろう。

となると、市太郎の扱いが難しくなる。

この子の面倒を見ながら秘事はこなせない。かといって、どこかへ預けると、市太郎はそこを逃げ出して、再び放浪するかもしれない。

結局は、しばらくこのままの暮らしを続け、市太郎には知られぬように隠密行動を続けるしかないと、夫婦の意見は堂々巡りをするのであった。

そして、こういう時は、

「まあ、何とかなりますよ」

という千秋の一言で、夫婦の談合はひとまず打ち切られる。

〝何とかなる〟実に好い加減であり、かつ何と頼もしい言葉であろうか。

千秋は能天気なところが時に困ったものなのだが、何とかしてしまう迫力を同時に備えているので、

「そうだな、何とかなるさ」

と、柳之助は翌日も、朝から団子の振り売りに出かけることが出来た。

そこはありがたい強妻である。

昼と夜では、がらりと佇《たたず》まいが変わってしまう日暮れ横丁であるが、日の高いうちだからこそ見えるところもある。

土地勘を身に付けるためには、振り売りは真《まこと》に都合のよい探索となる。

柳之助が出かけると、千秋は表通りの人の流れを見つめている。

これもまた土地勘を身につけるためには、大事なことだ。

潜入に焦りは禁物だ。

その意味では、まだ今の段階で千秋が夜の日暮れ横丁に出張らずともよかろう。

何か起こった時は、その場で市太郎への手当を考えればよいのだ。

「市《いっ》つぁん、ちょいと店先を見ていておくれよ」

千秋は、市太郎にあまり気遣わぬことが、彼にとってもよいのだと、どこの家でも母親が子供に物を頼むようにして、店の裏手へ出て洗濯をした。

「困ったことがあったり、おかしなのを見かけたら大声を出すんだよ。言っておくけどね、わたしはそこいらの男より、いささか腕に覚えがあるんだからね。頼りにしておくれよ。好いわね」

千秋はいつもそう言って、頼みごとをするのである。

「まかせておくれよ」

何か頼まれた時、市太郎はちょっと得意気な表情を浮かべる。それが何とも愛らしい。

とはいえ市太郎は小さくて、串を並べた台の後ろにいると、なかなかその姿が見えにくい。

そこに、若い女がやってきた。

「あら……、誰もいないのかしら……」

呟《つぶや》いたのは、千秋付きの女中・お花《はな》であった。

千秋が柳之助と共に、ここへ移り住んでからは、柳之助の母・夏枝《なつえ》の世話をしていたのだが、やはりこの度の潜入に自分が加わっていないのは寂しかった。

小者《こもの》の三平《さんぺい》も柳之助との繋《つな》ぎを取りに出ていることが多いので、奉行所の方も、夏枝を気遣い、芦川家には新たに女中と老僕を付けていた。

それは大いに柳之助と千秋を安心させていた。

夏枝も不自由はないし、お花の心中も察していたから、

「わたしのことなら大事はありません、たまにはお花も繋ぎを取りに行けばよろしい」

と、予々《かねがね》言っていた。

お花は馴染のない奉公人に夏枝を託して外出をするのは気が引けたが、この日は夏枝のたっての願いで、芦川家の繋ぎ役として、本所亀戸《ほんじょかめいど》までやってきたのである。

こういう密使なら、お花は誰よりも上手《うま》く務める自信がある。

夏枝のいつも変わらぬ息災、千秋の潜入については奉行所から〝善喜堂《ぜんきどう》〟に内密に報《しら》されていること。そして、

「おれの出番はないのか」

と、嘆いている江戸橋の船宿〝よど屋〟の主《あるじ》にして、千秋の叔父・勘兵衛《かんべえ》の様子。

これらを主人に伝えんと、お花は喜び勇んで、通りすがりの客に扮《ふん》して〝千柳〟へとやってきたら、千秋の姿が見えなかったというわけだ。

「お客さん、店のものならここにいますよ」

すると、子供の声が返ってきた。

よく見ると、店先に市太郎がいた。

話しぶりも背伸びして、少しばかりこましゃくれている。

お花は、市太郎がここで暮らしていることはまだ報されていなかったので、いきなりの子供の応対に面食らった。

「おかみさんはいないのかい？」

お花はどことなく世慣れていて、この店に我がもの顔でいる市太郎が気に入らなかった。

「いるけど、今はいそがしくて、おいらが店を見ているのさ」

市太郎も、自分を子供と見て、おかみはいないのかと問うてくるお花の物言いが、掏摸《すり》の一味にいた時の兄貴分を思い出させて気分が悪く、

「だから、団子ならおいらにたのんでおくれよ」

少しばかり返事も口はばったくなる。

お花もむっとして、

「ここは〝千柳〟てお団子屋さんだね？」

つんとして訊《き》き返す。

「字はよめるの？」

「すらすらと読めますよ」

「そんなら、かんばんにそう書いてあるよ」

「なるほど、確かにここが〝千柳〟よね。とにかく、おかみさんに用があるから、ここへ呼んでちょうだい」

「なんだ、団子をかいにきたんじゃあないのかい？」

「そういうことよ」

「そんなら呼んでくるけど、姉さんの名は？」

「わたしは、梅《うめ》……」

「お梅さんだね。おばさんのおなかまかい？」

「おばさん……？　お仲間……？」

「おいらにとっちゃあ、だいじなおばさんだからね。ちゃあんときいておかないと、子供のつかいになってしまうからね」

「あら、そう……」

どうせ子供のつかいじゃあないか——。

お花が何よりも大事な千秋をおばさんと呼び、さも身内のような顔をする市太郎に、怒りが湧いてきた。

その辺りは、まだ大人に成り切れていないお花であった。

「言っておきますけどね。わたしはお仲間なんてものじゃあありませんから。お春《はる》姉さんの妹ですからね！」

つい、そんな言葉を口にしてしまった。

「いもうと……」

「ええ、そうですよ。わたしに口はばったいことを言ったら、この店の屋根の上に放り投げますからね！」

「おみそれしました……」

市太郎は頭を下げた。

大人に交じって育った市太郎は、こんな物言いも知っていた。

どんなもんだと思いつつ、

——また余けいなことを言ってしまった。

と、お花は後悔した。

ふと見ると、市太郎の背後に、千秋の姿があった。

「よくきてくれたわねえ。妹のお梅ちゃん……」

そして、彼女はお花を見てニヤリと笑った。

どうやら千秋は、いつしか二人のやり取りをそっと見ていたようだ。

その刹那《せつな》、お花の胸の中では久しぶりに千秋に会えた喜びが、やり切れぬ羞恥に変わっていたのであった。

（三）

お花は、千秋扮するお春の妹・お梅として、〝千柳〟に身を寄せることになった。

大人気もなく、市太郎と張り合って、そんな言葉を口走ってしまったお花であったが、千秋はその嘘に乗った。

妹が店を手伝いにきたというのは、悪い方便ではない。

ちょうど千秋は、時に市太郎を託せる者を求めていた。

市太郎の面倒を見ることになった時から、柳之助と二人だけの甘い暮らしは終りを告げていたので未練はない。

芦川家には新たに奉行所から奉公人が手配されていたので、千秋としてはお花を呼びたかったのである。

とはいえ、姑《しゅうとめ》・夏枝のことを考えると、お気に入りのお花まで組屋敷を出るとなれば、随分と寂しくなるであろうと、言えずにいたのだ。

しかし、夏枝の意志を知らされると、ふん切りもついた。

千秋は、市太郎をそのまま店先に置いて、久しぶりの再会をした姉妹を演じつつ、互いの報告をし合った。

さらに振り売りから戻ってきた柳之助に、そっとこの話を告げると、

「そうかい、お梅坊が訪ねてくれたのかい。よかったらこのまま、店に身を寄せてはくれねえかい」

彼もまた千秋と同じ想いで、お花をお梅として店にきてもらうよう、すぐに段取りを決めたのだ。

お花は恐縮しきりであったが、彼女がここで暮らせば、千秋もいざという時は、市太郎を預けて、後顧の憂いなく日暮れ横丁に出張れるというものである。

そしてお花は、市太郎を店に住まわせるまでの経緯《いきさつ》を知って涙した。

健気《けなげ》に生きる市太郎を、お花もまた構ってやりたくなったのである。

それから一旦、八丁堀の芦川家に戻ったお花は、柳之助からの密書を夏枝に手渡し、

「いつも言っているように、わたしはたとえ一人になっても、この家を守るつもりです。何の遠慮も要りませせぬよ。柳之助の許《もと》へ行ってやっておくれ」

と、ありがたい夏枝の返事を、身の周りの荷物と共に〝千柳〟へ持ち帰り、その日からここで暮らすことになったのだ。

「お梅はおっ母さんと二人で暮らしていたんですけどね。去年の暮れにおっ母さんが亡くなって、それでまあ、うちへくれば好いのではないかと……、そんなことになったのでございます……」

千秋は、顔見知りとなった客や、近所の者達にはそのように話しておいた。

市太郎については、

「知り合いが仕事で旅に出ている間、うちで預かっているのですよ」

と、既に話してあった。

件《くだん》の浪人・猫塚禄兵衛《ねこづかろくべえ》にも、通りかかったところを捉えて、その由を話したところ、

「うむ、それがよかろう」

今後は自分もそのように思うであろうと、いつもながらに人のよさそうな笑みを浮かべて応えてくれていた。

お花の加入で、〝千柳〟は俄然《がぜん》賑やかになり、店も繁盛し始めた。

そうなることで、柳之助の隠密行動は楽になった。

働き者の女房に、その妹がさらに加わって、店の方にも余裕が生まれたので、酒好

きの亭主は夜な夜な日暮れ横丁に出かけるようになった。そんな筋書きを、新たに示すことが出来たのである。

そうして、

「好いんだよう、家には賑やかなのがいるからねえ、嬶《かか》ァのことなんぞ、うっちゃっておけば好いんだよう」

という具合に、横丁にも慣れて、いささか酒が入るとはめを外す、遊び人の小店の主を演じて、

「出刃の兄ィ、今日もきたよ」

楽次郎の姿を連日連夜求めては、つるむようになっていた。

その夜も、いつものようにまず、おのぶの居酒屋〝きよの〟を覗いてみたのだが、楽次郎の姿はなかった。

——どこかの店の板場を手伝っているのかもしれない。

方々の飲み屋で板場を手伝い、小遣い銭と飲み代《しろ》、食い代を得て暮らしているのが、出刃の楽次郎である。

先日は柳之助が、文無しの楽次郎に酒をおごったわけだが、

「しがねえ団子屋におごってもらうわけにはいかねえからなあ」

と、このところは出刃の腕を方々で揮っていた。

それでも、どこまでも気儘《きまま》な楽次郎である。

一刻《いっとき》ばかり集中して板場で料理を拵《こしら》えると、すぐに放り出して飲む側に回ってしまうのだ。

あれから三日が経《た》っていたので、今日辺りは端《はな》から〝きよの〟で飲んでいるのではないかと思ったのだが――。

柳之助は、楽次郎の姿を求めて横丁を歩いてみた。

脇道の向こうの深い闇に、軽々しく足を踏み入れないのが、横丁に遊びにくる者達の心得である。

それが、闇の仕事に携わる者達の縄張りには立ち入りませんという意思表示なのだが、このところ柳之助が楽次郎とつるんでいるのは、横丁の連中の知るところとなっている。

少々横道にそれてでも、

「出刃の兄ィを見かけませんでしたかねえ」

と言えば、話がすむ。

彼を捜しているのに託《かこつ》けて、横丁の闇に立ち入る好機であろう。

すると、柳之助の耳に人の争う声が届いた。

この辺りでは珍しくもないが、柳之助にはそれが楽次郎の声に思われた。

横丁の夜の喧騒《けんそう》は、なかなかにけたたましいが、そこは隠密廻り同心としての術《すべ》を身につけている柳之助である。

楽次郎が誰かと揉《も》めていると、すぐに察知したのだ。

「よし……！」

柳之助は声がする路地の向こうへと駆けた。

そこは黒塀に囲まれたところで、駆け抜けると、川端《かわばた》に横たわる男が見えた。

さらにその、倒れている男の傍《そば》にいて、

「おい、しっかりしねえか……」

と、体を揺すっている男が楽次郎であった。

「兄ィ、どうしたんだい？」

柳之助が駆け寄ると、

「隆さんかい。お前はいつも好いところにきてくれるんだなあ……」

楽次郎は泣きそうな顔を向けてきた。

「いや、兄ィを捜していたら、声がしたのできてみたのさ」

「まったくざまあねえや」

「この野郎は？」

「乙三《おとぞう》という、とんでもねえ悪党だ」

「で、兄ィが見かけて喧嘩になったってわけかい」

「呼び止めたら殴りかかってきやがった」

「それで返り討ちかい？　さすが兄ィだ」

「だがちょいとやり過ぎたぜ」

「こいつはとんでもねえ悪党なんだろ」

「ああ、ちょっと前に根津《ねづ》の賭場《どば》を荒らしやがった」

「まだ死んじゃあいねえようだ。そんな野郎はうっちゃっときゃあいいぜ」

「いや、このまま放っておいたら、死んじまうかもしれねえぞ」

「兄ィはやさしいねえ」

「いや、死んじまったら、そん時盗まれた、金の在り処《あか》がわからなくなるんだよ」

「そいつはいけねえや。おい、しっかりしろい！」

「乙三、手前《てめえ》死んだらぶっ殺すぞ！」

二人は乙三を抱えて、路地の外へ出た。

その間に話を聞くと、一年ほど前に、楽次郎は根津の賭場へ遊びに出かけた。

古寺での小博奕であったが、つきまくって、三十両ばかり勝っていた。

そろそろ皆に祝儀《しゅうぎ》を渡して引き上げようとした時に、賊が数人で賭場に乗り込んできたのであった。

「こいつはもらったぜ！」

連中はまず眼潰《めつぶ》しの粉を撒《ま》き散らし、だんびらを振り回して、その場の金を盗んで消えた。

腕っ節では誰にも引けを取らない楽次郎であったが、不覚にも目をやられて賊を逃してしまった。

だが、目が開かなくなる寸前に認めたこの賭場荒らしの顔には見覚えがあった。

以前にも一度、こ奴が賭場荒らしをしているところを目撃していたのだ。

その時は、賭場に入る直前で被害には遭わず、

「何でえあいつらは……」

と、怪訝《けげん》な目で見送っていた。

後になって、それが乙三という、小さな賭場ばかりを荒らす悪党だと知ったのだ。

それだけに目潰しに遭って不覚をとったのが悔やまれて仕方がなかった。

「この野郎は、賭場で荒らした金をどこかに貯《た》め込んで姿を消してやがったんだがな。ほとぼりを冷まそうったってそうはいかねえ」

楽次郎は、悪党達が紛れ込んでくるという日暮れ横丁にいれば、そのうちに乙三を見つけられるのではないかと思っていた。

「なるほど、兄ィはそれでこの横丁に……」

「ああ、まんまと見つけたまではよかったがこの様《ざま》だ……」

楽次郎は、あたふたとしていた。

「手前は賭場荒らしの乙三だな……。おれの三十両を返しやがれ！」

と詰《なじ》ったら、乙三は応える替わりに殴りかかってきた。

楽次郎は危うくかわしたが、頭に血が昇って、腹に蹴りを入れると、思い切り頬げたを張った。

乙三は堪《たま》らず倒れたが、その拍子に頭を打ったらしい。

頭から血を流し、気を失ってしまった。

「ざまあ見やがれ」

溜飲《りゆういん》を下げたものの、乙三が死んでしまえば、金の在り処はわからなくなる。

慌てて介抱しているところに、柳之助が駆けつけたというわけだ。

「とにかく隆さん、三十両の話は内緒にしてくんなよ、ここにいる連中には知られたくはねえのさ」

「そいつはわかったが、兄ィ、まずこいつをどこかへ寝かせねえといけねえよ」

「そうだな。どこが好いだろうなあ……」

柳之助は、楽次郎の困った顔を見ていると、笑いが込みあげてきた。

憎い相手を見つけて叩き伏せた強面《こわもて》の男が、

「おい、乙三、傷は浅《あせ》えぞ、気をしっかり持てよ」

金のために死なれたら困ると、懸命に悪党を励まし、介抱している姿が滑稽であったのだ。

隠密廻りゆえ、賭場荒らしをしょっ引くことも出来ず、博奕の常習犯と一緒になって運んでいる自分の姿にも笑えてくる。

「おいおい、出刃の兄さん、どうしたんだい？」

そこへ、血まみれの男を運ぶ二人を認めて、一人の老人が声をかけてきた。

「ああ、七兵衛《しちべえ》の父《とっ》つぁん、この野郎が死にそうなんだよ。ちょいと助《す》けてやってくんなよ」

老人は、七兵衛といって、近くの古道具屋の主人であった。彼もまた酒好きで、楽次郎とは顔見知りらしい。

「そうかい、そいつは大変だ。とにかくおれの家へ運ぶがいいや」

七兵衛は俠気《おとこぎ》を持ち合わせているようだ。

すぐに奉公人の半六《はんろく》に手伝わせて、乙三を古道具屋へと運んでくれたのであった。

（四）

「ははは、そいつは大変だったねえ」

七兵衛は乙三を一間に寝かせ、楽次郎から話を聞いて笑っていた。

この老人もまた、楽次郎に柳之助が覚えたおかしみを覚えたのであろう。

「まったく助かったよ。気がついたらこっちで後腐れのねえようにするから安心してくんなよ」

三十両の話はしなかったものの、金の在り処が知れた時は、それ相応の礼はすると、楽次郎は七兵衛に片手拝みをしてみせた。

「まあ、あてにしねえで待っているよ」

七兵衛はにこやかに応えて、奉公人の半六《はんろく》を、この辺りに住んでいる酔いどれの医者・無庵《ぶあん》の許へ走らせた。

半六は、三十過ぎでたくましい体付きをしているが、日頃から愚鈍《ぐどん》ですることがのろい。

だが、今はすぐに外へ駆け出して、無庵を連れてきた。無庵は乙三へ手当てを施し、

「うむ。頭を強う打ってはおるが、まず死にはすまい。倒れた拍子に、足も挫《くじ》いているようじゃが、二、三日すればよくなろう。このまま寝かせておけばよろしい」

と診立《みた》てた。

「出刃、お前がどうしてこいつをここへ運び込んだのかは知らぬが、どうせろくなことではあるまい。今とは言わぬが、代ははずめよ」

「へい、そりゃあもう。こいつが息を吹き返せば、ちょっとした金になりますんで、その時まで、ちょいとお待ちを」

「ふん、そんな与太《よた》話はどうでも好い。とりあえず一杯飲ませろ」

無庵は楽次郎に酒をねだった。

「そいつは好いが、この野郎を放っておくわけには……」

「大事ない。どうせまともに動けぬよ」

「まあ、そりゃあそうですねえ」

そんな話になったところで、

「そんなら兄さん、おれはこれで帰らせてもらうよ」

柳之助は一旦その場を離れることにした。

楽次郎についているより、外からそっと見守った方が、自分の素姓《すじょう》を隠していられるであろうと思ったからだ。

「隆さん、すまなかったな。この埋め合せはまたするからよ」

「埋め合せなんて好いよ。何か手伝うことがあったら言ってくんな。明日はまた、団子を売りに歩くからよう」

七兵衛もまた、乙三のことは見ていてやるから、無庵を連れて飲みに行けばよいと、快く引き受けてくれた。

半六は、のろまではあるが力は強い。

万がいち、乙三が目を覚ましても、逃がしはしないと胸を叩いたのだ。

「父つぁん、すまねえな。まったく飲み助というのは嫌だなあ」

「つべこべ言わずに飲ませろ」

「わかりましたよう」

こうして、柳之助は楽次郎と別れて古道具屋を出た。

乙三がこの横丁に現れたのは、一時身を隠すためだったのであろうか。

だとすれば、ここにはそういう悪党が何人も潜んでいるのかもしれない。

楽次郎は、どうせ乙三を締め上げて、何もかも白状させるつもりであろう。

乙三を運ぶのを手伝った柳之助には、その辺りの事情を話してくれるはずだ。

そこから少しでも、横丁の実態が摑《つか》めればよかろう。

柳之助はひとつの手応えを覚えて、家へ帰った。

だが、それだけで探索は終らなかった。

柳之助と交代で、今度は千秋が横丁へと出向き、七兵衛の古道具屋と、〝きよの〟の様子を窺《うかが》いに出たのである。

市太郎は既に寝かしつけていた。

「わたしもお供いたします」

と、お花は願い出たが、市太郎が目を覚ました時、〝お梅〟がいた方がよい。

出会ってからというもの、市太郎とお花は店の手伝いを張り合ったり、時に市太郎が、

「お梅姉さん、あの花はなんというの？」

などと、あれこれものを訊ねてみたりして、ちょっとした友情を育んでいた。

「市つぁんを頼みますよ」

そう言って千秋は一人で出かけた。

手拭いを吹き流しに被《かぶ》り、黒襟の付いた弁慶格子《べんけいごうし》の着付に、細い帯、半纏を引っかけた姿は、この辺りでよく見かけるやくざな酌婦の風情であった。

色んな女に姿を変えられるのが、隠密の楽しみであった。

千秋のことである。誰よりも心配はなかろうが、隠れ家を出る際、

「千秋……、いや、お春。できるだけ顔を見られぬようにな」

と、柳之助は戒めた。

「まさか団子屋の女房とは誰も気付きませんよ」

千秋は濃い化粧で、顔も変えていた。

「いや、お前はこの辺りにはまずおらぬ縹緻《きりょう》だからな。顔を見られたら、男が寄ってきてなかなか動きがままならねえよ」

「あら嫌だ。そうでしょうか」

「ああ……」

「気をつけます……」

千秋は、ぽっと顔を赤らめて、裏口から外へ出たのであった。

——相変わらず、仲がおよろしいことで。

そんな夫婦を、どこか茶化すように眺めているお花は、久しぶりに自分の居どころを得た喜びを噛《か》みしめていた。

千秋は夜の日暮れ横丁に出るのは、初めてであった。

それでも日の高い間に、団子を売る亭主に用を足す名目で、何度か足を運んでいた。

そこは千秋のことであるから、土地勘は五感五体に覚えさせている。

出刃の楽次郎の面体《めんてい》も、柳之助から団子を買うところを窺い見て覚えていた。

千秋は横丁を行く酌婦の体《てい》で、目立たぬように歩いた。

——夢を見ているような。

そして千秋もまた、横丁の妖しげな輝きを身に浴びながら、つまらぬ日常から逃げて、ここにやってくる者達の気持ちがわかると、思い知らされた。

既に奉行所からは、辺り一帯の絵図はもらっている。

柳之助は、それにさらに書き込んだものを、千秋にも見せていた。

彼女の頭の中には、絵図が克明に刻み込まれているのだ。

まず〝きよの〟の内をそっと窺うと、酔いどれ医者の無庵が、ぐいぐいとやってい

て、

「しかし何だな出刃、お前は悪党だが、なかなか好い奴だな」

と、おだをあげていた。

その横で楽次郎も、獲物を仕留めた喜びを溢《あふ》れさせている。

「おう女将、やっとおれにも付きが廻ってきたぜ。そのうち〝おのぶ〟と呼ぶから、覚悟しな……」

楽次郎は、〝日の本一好い女〟の気を引くことに余念がなかった。

「何と呼ぼうが構わないけどねえ。馴《な》れ馴れしいのはごめんだね」

おのぶは慣れたもので、さらりとやり込める。

「てやんでえ。お前はまだおれがどれほど好い奴か、わかっちゃあいねえんだよう。ねえ、先生」

「ああ、こいつは悪党だが好い奴だ」

「その、悪党ってえのは止《よ》しにしてくだせえよ」

なるほど、楽次郎はなかなか好い男である。

千秋は、おのぶの表情が楽次郎の言葉を浴びる度に艶《つや》やかになるのがおもしろかった。

柳之助の話では、何者かがおのぶの後ろについているらしいが、客の前とて憚《はばか》らず、己《おの》が想いを伝えてくる楽次郎を持て余しているようには見えない。

人目を憚らぬゆえに、爽やかに切り返せるし、楽次郎のおのぶへの求愛の潔さは、おのぶの〝女〟の情感に、華やぎを与えているようだ。

千秋はそれを確かめると、今度は七兵衛の古道具屋へ出向いた。

店は既に仕舞われていたが、外から様子を窺う限りでは異変はない。

乙三が息を吹き返して騒ぎになったとか、乙三に仲間がいて、消えた乙三の行方を捜し歩いている様子もまったく見られなかった。

千秋は、居酒屋〝きよの〟と、七兵衛の古道具屋を行ったりきたりして、しばらく見廻っていたが、早春の冷たい風が悪戯をして、千秋の手拭いを吹き飛ばした。

柳之助が言っていたことは正しかった。その途端に、

「おや、好い女だねえ」

「こんな女をどの店が隠してやがったんだ」

と、明らかになった千秋の顔をしげしげと見ながら、酔客の男が二人近寄ってきた。

「相すみません。わたしはこれから行くところがありましてねえ。勘弁してやってくださいまし」

千秋は町の酌婦を演じつつ、その場をやり過ごした。

〝将軍家影武芸指南役〟である父・善右衛門《ぜんえもん》は、千秋にあらゆる女に化けられるように仕込んできたが、千秋は十七歳で公儀の諜報《ちょうほう》戦に加わった折、脱出の際に目測を誤まり、細い塀と塀の隙間に挟まり抜けなくなる失態を演じた。

それ以降善右衛門は、愛娘《まなむすめ》の千秋には危険な仕事をさせず、扇店の娘としての平和な暮らしをさせてやろうと、変装の術を仕込まなかった。

そもそも十七歳では、酌婦を演じてもさまにはならなかったゆえに、この変装は柳之助から学んでいた。

それでもまだ二十歳で、未《いま》だにふくよかで瑞々《みずみず》しい千秋が世の中の酸いも甘いも噛み分けたような酌婦に成り切るのは難しかった。

「ちょいと待ちなよ」

「どこへ行くのか知らねえが、銭ならはずむからよう」

「おれ達と付き合ってくんなよ」

「なあ、姉さんよう」

酔客二人は、千秋がその辺りにいるすれからしの酌婦でないと見て、しつこくつきまとってきたのである。

「ほんとうに、ご勘弁くださいまし……」

千秋は歩みを早めたが、二人は強面でなかなか腕っ節も強いのであろう。

「先方には、おれ達が話をつけてやろうじゃあねえか」

「だからお前は、付合えといったら、付合えばいいんだよう！」

遂《つい》には凄《すご》んできた。

あまり押し問答をすると、

「あの女はどこの店の者だい？」

と、目立ってしまうかもしれない。

「そんなら、力尽《ちからず》くでも連れていこうと？」

千秋は囁《ささや》くように問うた。

「そういうことだ」

「おれ達にも意地があらあな」

二人は薄ら笑いを浮かべて言った。

「そんなら、ちょいとこちらへ……」

日暮れ横丁は、方々に細い脇道がある。

それが何とも不気味で物騒なのだが、こういう時はありがたい。

千秋に誘われ、やにさがって、傍らの路地に足を踏み入れた酔客も、ある意味不運であった。

「さあ、力尽くで連れてお行きなさいな」

と、凄み返した千秋に、

「おもしれえや……」

と迫って腕を摑もうとした一人が、さっとその手を取られたかと思うと、気がつけば地面に叩きつけられていた。

何が起きたのかと目を丸くする一人は、千秋に臑《すね》の内側を蹴られ、屈《かが》み込んだところを鳩尾《みぞおち》に拳を食らっていた。

——今宵《こよい》はこの辺りで帰りましょうかね。

千秋は路地を出ると、ひとまず柳之助が待つ家へと戻ったのである。

（五）

翌朝になって、芦川柳之助はすぐに七兵衛の古道具屋を訪ねた。

千秋の話によると、特に変わった様子はなかったというので、朝を待ったのだ。

千秋はというと、結局は町で一暴れしてしまったことを詫《わ》びたが、

「それはまあ、仕方がないことだな。次は変装を変えればいいさ」

という柳之助の言葉にほっとして、お花にだけは、

「あの横丁に旦那様が潜り込んだら、さぞや横丁の女達が放っておかないでしょうね。わたしはそれが心配になりましたよ」

と、横丁を歩いてみた感想を伝えていた。

お花が失笑を呑《の》み込んだのは言うまでもないが、古道具屋に着いた柳之助は、そこで意外な光景に出くわした。

「おや、昨夜の兄さんかい……」

店先に顔を出していた七兵衛が、何とも言えぬほどに憔悴《しょうすい》した顔で声をかけてきた。

「あれからは何ごともなく？」

柳之助が問うと、

「それが大変なんだよ」

店の奥から、こちらもやつれた顔をした、楽次郎が出てきて嘆息した。

「兄さん、どうしたんだい？　あの野郎はいってえ……」

中の様子を窺うと、寝かされているはずの乙三の姿が見えなかった。

「おかしな連中に連れて行かれたんだよう……」

「何だって……？」

「いや、まったく面目ねえや……」

七兵衛が足をさすりながら、頭を掻《か》いた。

続いて土間の奥の暖簾から、奉公人の半六が出てきて、

「おれがいけなかったんだ……」

泣きそうな顔をして言った。

半六のその顔には、殴られた跡がくっきりと浮かんでいた。

「いや、いけねえのはあの飲んだくれの藪医者《やぶいしゃ》だよ」

楽次郎は忌々《いまいま》しそうにして、頭を抱えた。

昨夜、楽次郎は〝きよの〟で、町医者の無庵と一杯やっていた。

酒好きの無庵への礼であったのだが、

「あの藪医者、しつこいったらありゃあしねえぜ」

楽次郎が、乙三を七兵衛に預けっ放しでは申し訳ないから、そろそろ戻ると言ったにもかかわらず、

「あんな野郎は放っておけ。どうせどこへも行けやしねえ」

などと言って、なかなか楽次郎を放そうとはしなかったのだ。

やっと無庵が酔い潰れて、それを潮に〝きよの〟を出た楽次郎が、七兵衛の許へ戻ると、既に四人の男が七兵衛の家へ押し込み、乙三を攫《さら》って出て行った後だったという。

押し込みにあった際、応対に出た七兵衛は、賊に突き飛ばされ、慌てて出てきた半六は、いきなり殴られたのだ。

「若え頃《わけ》なら、あんな奴ら、どうってこたあなかったんだが、おれも耄碌《もうろく》したもんだよ」

無念がる七兵衛であったが、

「いや、おれがいけなかったんだ。父つぁん、半公、すまねえ、とんだお荷物を持ち込んだもんだ」

誰よりも楽次郎の嘆きは大きかった。

包丁と風呂敷包みひとつ。

それを持って、方々の酒場を巡り、店で寝泊まりして暮らす楽次郎であった。

「昨夜は、奴を見張りながら寝りゃあよかったよ。あの飲んだくれの藪なんかに付合うんじゃあなかったぜ」

柳之助にはどうでも好い話ではあるが、賭場荒らしの凶悪な男が消えてしまったというのは気にかかる。

「七兵衛さん、ここじゃあ、こんなことはよくあるのかい？」

柳之助は七兵衛に問うた。

「隆さんだったね。お前さんはまだここへきたばかりかい？」

「へい、新参者でございます」

「喧嘩沙汰が絶えないのはもう知っているだろうが、こんな風に人を攫っていくような荒っぽいことは初めてだねえ」

「そうですか……」

柳之助は思い入れをして、

「兄ィが無庵先生と一杯やっている間、せめておれはここに残っていりゃあよかったね。こいつは面目ねえ」

と、頭《こうべ》を垂れた。

何か起こらぬかと、千秋を見廻らせたのだが、これも入れ違いであったかと思うと、柳之助はやり切れなかった。

「隆さんが嘆くこたあねえやな。お前がいくら腕っ節が強いといっても、相手は四人だ。怪我《けが》をしなくてよかったってもんだよ」

「そう言われると辛《つれ》えや。乙三に仲間がいて、そいつらが取り返しにきたのかねえ」

「いや、そんな仲間がいたなら、ここには潜り込まねえだろうよ」

「そんなら、その四人も、兄ィと同じで、乙三に恨みがあったのか、奴が隠している
という金目当てなのか……」

「まず、金だろうな。おれみてえな奴がいっぺえいるんだろう」

「四人の行方はまったくわからねえのかい？」

「ああ、杳《よう》として知れず、てところだな」

無庵の酒に付合って、千鳥足で戻ってみればこの騒ぎである。

楽次郎は外へ飛び出して、道行く者や、近所の者達に、怪しい奴を見なかったかと
訊ね廻ったが、

「そもそもここにいる者は、どれも怪しい奴だからな」

何の手がかりも摑めなかった。

「だが、この先の煙草《たばこ》屋の婆《ば》ァさんが、それらしいのを見たそうだ」

古道具屋の少し先には煙草屋がある。

老婆が一人で営んでいるように見えるが、主人は別にいる。

ちょっと翳《かげ》のある四十前の女で、それ者あがりだという。

どこぞで囲われていたが、旦那が死んでここへ流れてきたらしい。しかし病がちでほとんど家の奥に引っ込んでいる。

それで女主人に店を任されている老婆であるが、彼女はなかなかのしっかり者で、

「おかしなのが何人かで、大きな葛籠《つづら》を川端へ運んでいったよ」

と言っていたそうな。

「大きな葛籠？」

「ああ、連中はその中に乙三を押し込んで、連れていったんだろうな」

楽次郎が乙三を見つけて叩き伏せたところも、路地の向こうの川端であった。

そこは横十間川《よこじっけん》で、船を使えばすぐに運び出せるであろう。

「てことはよう、あの野郎をもう一度見つけるってえのは、雲を摑むような話になったってわけだ」

楽次郎は肩を落とした。

「ああ、奴に取られたおれの金も消えちまったわけだ。まったく頭にくるぜ」

攫っていった連中は、乙三が賭場荒らしで稼いだ金を、どこかに隠していると聞きつけて、それをいただいてしまおうという肚《はら》なのに違いない。

「だが兄ィ、乙三は賭場を荒らした金を、どこかに隠していたのか知らねえが、もう

使っちまっておけらになっちまっているかもしれねえじゃあねえか」

「いや、あると知ったから、四人で乗り込んできたんだろうよ」

「なるほどねえ」

乙三は、一旦金をどこかへ隠して、ほとぼりを冷ましてから、それをどこかへ移す段取りをしていたのであろう。

そうして、日暮れ横丁に紛れ込もうとしたのだが、ここへきたのがかえって命取りになったようだ。

この横丁は、紛れ込み易いが、密かに抹殺もされ易いのだ。

荒っぽい手口で、刹那刹那を生きてきた乙三には、思慮深く策を立てるような真似《まね》は出来なかったと見える。

「どうやらおれも、この横丁をなめていたようだ。ここは一寸先が闇。何が起こるかわからねえところだった。まあ、そこがおもしれえんだけどよう」

楽次郎の言う通りであった。

柳之助も他人《ひと》ごとではない。

そういう横丁であるから、その闇を探りにきていたのだが、千秋が絡まれて一暴れしたので、そこで見廻りを打ち切ったのは油断であった。

代わりにお花を送るか、千秋が出張っている間に、お花に繋ぎをとらせて、密偵の九平次《くへいじ》を呼び出すことも出来たはずだ。

自《おの》ずと歯噛《はが》みをしている柳之助を見て、

「隆さん、そんなに口惜《くや》しがってくれなくてもいいよ」

楽次郎はそのように捉えて頬笑んだ。

まったく人がよくておもしろい男だ。この先もしばらく楽次郎とつるみながら潜入を続けようと、柳之助は心の内で考えていた。

（六）

「まあ乙三も、思えば哀れな奴だぜ。命がけで手に入れた金を横取りされて、今頃はもう生きていねえだろうよ。父つぁん、半公、隆さん……。すまなかったな。こいつは借りておくよ」

楽次郎はそう言って古道具屋から去っていった。

「そんならおれも、商売に戻らせてもらいますよ」

柳之助もそれに続いた。

何か起これば役人に訴え出て何とかしてもらう。

それが正しい人のあり方なのだが、誰の口からもそんな言葉は出ない。

博奕の金を奪われたとて、どこにも言って出ることは出来ない。所詮は自分達が勝手に決めた掟《おきて》の中で動くしかないのだ。

その理屈を当り前にわかる者しか、この横丁には住めない。

一旦罪を犯した者にとっては、役人など二度と会いたくない存在なのだ。

正しいことを訴えたとて、痛くもない肚を探られるのがよいところである。

それが暗黙のうちにわかり合える。

危険とわかっていても、その心地よさを求めて、ここへ人はやってくるのであろう。

町奉行所の同心としては、やり切れぬところだが、柳之助はひとつ知った。

日暮れ横丁では、俄《にわか》に現れた人間が、もう次の瞬間に消えてしまうことを。

人間でさえそうなのだ。物や金が激しい川の流れのように、右から左へ消えていったとて不思議ではない。

——おれも気をつけねえとな。

乙三の失踪の一件については、柳之助もそれなりに深く関わっていた。

「隆三郎ってえのは、ただの団子屋じゃあねえぜ」

という目で見る者も、やがて出てくるかもしれない。

といって、そのように思われないと、横丁の暗部には近付きにくい。

酒好きで少しばかり喧嘩が強くて、団子屋になる前は、なかなかに暴れていた——。

今もその頃の癖が抜けずに、珍しいことがあると首を突っ込みたがるお調子者。

——まずそんな奴だと思わせておかねえとな。

恋女房と、その妹、知り合いの子供まで面倒を見ているのだ。

そういうお人よしに、大した悪さも出来るはずはないと、人には思わせておこう。

そんなことを考えて店に戻ると、横丁を出た角で、浪人の猫塚禄兵衛に出会った。

「やあ、〝千柳〟の主殿。朝から精が出るのう……」

「これは旦那、今朝は野暮用でございましてね」

「左様か、忙しいのは何よりじゃよ」

禄兵衛は熊のような顔を綻《ほころ》ばせた。

「これから一儲《ひともう》けですかい？」

「ははは、そんなところだ」

禄兵衛は束にした傘を抱えている。

それらは古傘を修繕して、新品同様にした物であった。

「うめえもんですねえ」

「どんな物でも、ちょっと手を入れれば、生まれ変わるというものじゃよ」

知り合って以来、柳之助は禄兵衛が、日暮れ横丁で古傘を求め歩く姿を何度か目にしていた。

雨上がりの横丁には、酔っ払ってその辺りに傘を捨てて帰る者もいる。

喧嘩の時に傘を振り回して、壊れたのをそのまま放置する酔っ払いも多い。

禄兵衛はそれらを拾い集めたり、

「要らぬ傘があれば買い取ろう」

と、酒場の店を訪ねるのだ。

大抵の場合、

「ああ、こんな傘でよかったら持っていってくださいな」

と、店の者達は壊れた傘や、客が置いていったままになっていて、誰の物かわからなくなっている傘を差し出してくれる。

それらを一本ずつ修繕して傘屋に売るのを、禄兵衛は浪々の身の方便《たつき》としているのだ。

浪人とはいえ、武士が傘を拾い集めている姿は、決して恰好《かっこう》のいいものではない。

声をかけるのも憚られて、柳之助は禄兵衛を見かけてもそっとやり過ごしていたが、出来上がった再生傘を目にすると、感心させられる。

「ここまでにするのは、なかなか大変なんでしょうねえ」

「ああ、傘だけに骨が折れるよ。ははは……」

禄兵衛は豪快に笑った。

傘の再利用は珍しくはない。江戸ではそのものがひとつの商売として成立している。古傘買いが集めた傘を、古傘問屋がさらに集めて、油紙をはがして洗う。

そうして、糸を繕った上で、傘貼りの下請けに出す。

このような仕組みが出来上がっている。

はがした油紙も、そのまま焚付《たきつ》けにはしない。

激しく痛んでいない広い部分は、丁寧にはがすと、まだ多少は水気をはじくので、魚の包み紙として使えるから、これも幾らかになるのだ。

禄兵衛はこれらの工程をすべて一人でこなしているそうな。

「雨が降れば、日暮れ横丁にはお宝が生まれるというわけだな」

「なるほど、そいつはお見それいたしやした」

柳之助は小腰を屈めつつ、

——この浪人も好い男だ。

つくづくと思った。

何を卑屈になることもなく、ぶったところも一切見せぬ。

千秋と共に、柳之助は禄兵衛がただならぬ武芸を身に付けているのではないかと見ていた。

これほどの武士が何ゆえ浪人となり、傘を売り買いして細々と方便を立てているのか。そこがどうも気になる。

とはいえ、団子屋隆三郎としては、軽々しく人の過去を問うのは控えねばなるまい。

「どんな物でも、ちょっと手を入れれば、生まれ変わる……、人もそうありたいもんですねえ」

などと感じ入り、もう少し禄兵衛との会話を楽しまんとしていた。

禄兵衛は、団子屋の主がなかなか味わい深い言葉を発したので、いささか驚いたような顔をしたが、

「うむ、この横丁には、そうなってもらいたい者がごろごろといるようだ」

と、相槌《あいづち》を打った。

「こいつはどうも、長々と話し込んでしまいました」

団子屋へ戻らんとして頭を下げる柳之助に、

「市太郎は達者にしているようじゃな」

　禄兵衛は言葉をかけた。

「へいお蔭様《かげさま》で」

「あの子は、物心ついた時には二親《ふたおや》と逸《はぐ》れていたと聞いたが、どのような親であったのであろうなあ」

「その辺りのことは、これから追い追い確かめるつもりでございます」

「うむ、それがよい。どこぞの名のある者の忘れ形見かもしれぬぞ」

「そうでしょうかねえ」

「あの子は、どこか品のある顔立ちをしている。代々受け継がれた高貴な血が流れている。ふふふ、そのような気がせぬか？」

「そう言われれば、そのような気がして参りました」

「まず、当ってやればよかろう。それにしても、あの子もよい夫婦に出会《でお》うたものよ。ならば〝千柳〟の主殿……」

「隆三郎とお呼びくださいまし」

「ならば隆さん、また会おう」

禄兵衛は、傘を抱えて表通りの向こうに立ち去った。

「高貴な血が流れている、か」

たくましい禄兵衛の背中を見送りつつ、柳之助は呟いた。

実は、同じようなことを千秋も言っていたのだ。

「市つぁんは品のある顔立ちをしているから、どこぞの偉いお人のご落胤《らくいん》かもしれないわねえ」

冗談交じりに言ったようだが、柳之助も妙に納得させられたものだ。

御落胤とまではいかずとも、貧乏長屋の小倅《こせがれ》ではなかったような気がするのだ。

いずれにせよ、市太郎の記憶を辿《たど》ると、二親を次々と失い、人買いと思《おぼ》しき男が、市太郎の縁者だと言って、長屋のようなところから連れていった。

そこまではわかる。

市太郎の首からは御守の袋がぶら下げられてあるのだが、中に入っている御札は雨に濡《ぬ》れて、どこの社寺のものか判別出来なくなっている。

それゆえ、親が首にかけてくれたのであろう御守によって、住んでいた辺りを特定しようとしても、困難であった。

定町廻り同心の外山壮三郎《とやまそうざぶろう》には、百足《むかで》の助松《すけまつ》一味についての市太郎の記憶は伝えてある。

そこから何かわかるかもしれない。

今は壮三郎が頼りであった。

（七）

柳之助は〝千柳〟に戻って、振り売りに出る仕度をした。

甲斐甲斐《かいがい》しく市太郎がそれを手伝う。

「こいつは頼もしいや。ここはお梅坊と二人に任そう」

柳之助は市太郎の頭を撫でて、すっかり女房・お春の妹・お梅が板についているお花とで仕度をしてもらい、

「お春、ちょいと話しておくことがあるんだ……」

と、千秋を奥の一間に呼んで、乙三についての顚末《てんまつ》を耳打ちした。

「そんなことが起こっていたのですか。わたしとしたことが……」

千秋はたちまち悲痛な表情となった。

「お前のせいではないさ。おれがあの後の手当をしっかりとしていれば、こんなこと

にはならなかったんだ」

柳之助は、千秋の肩にやさしく手をやると、

「好いか、このことは一旦忘れてしまえば好いんだ。おれ達だって二六時中、横丁を見張っているわけにはいかねえんだからな」

横丁で起こる不思議を体感出来ただけでも探索の第一歩を踏み出せたといえるであろう、これからが大事なのだと、言い聞かせたのであった。

「わかりました。これを糧として、次は見逃しません」

千秋は力強く頷いた。

「おれ達は、悪人を捕えにきたんじゃあねえんだ。その仕組みを探るためにきたんだ。焦っちゃあいけねえよ」

「そうでした」

「ところで、今そこで猫塚の旦那と会ったんだが、市太郎は身分ある御方の御落胤ではないか、なんて言っていなさったよ」

柳之助はさらりと話を市太郎の方へ向けた。

千秋の機嫌は、市太郎の話をすると、たちまち治るのだ。

「まあ、猫塚の旦那がそのようなことを……。あのお方がそう思っておいでなら、や

はりそうなのかもしれませんねえ」

御落胤とまでいかずとも、それなりの家に生まれた子が、何かの運命の悪戯で流浪を強いられているのではと、千秋も予々思っていたことだ。

柳之助と二人して、市太郎が首から下げている御守袋に入っている御札が、何と記されているのか解読を試みたが、読めぬままに終っているのが悔しい千秋であったのだが、

「そういえば、あの御守袋で、気付いたことがありました」

「気付いたこと？　御札に何と書いてあるかわかったのかい？」

「いえ、それはわからないのですが、袋の柄に見覚えがあるのです」

「なるほど、布地の方か……」

「随分と色褪《いろあ》せていますが、紺地に薄紅と白の小桜柄……。一時、大伝馬町《おおでんまちょう》の呉服店が、売り出した端切れが、袋物を拵えるのにちょうどよいと、評判をよんだことがありましてね。あれはその布地ではなかったかと……」

〝善喜堂〟の内儀で、千秋の母親である信乃《しの》も、これで兄・喜一郎《きいちろう》に袋物を拵えていたような気がする。

「〝善喜堂〟に問い合わせればわかるかな」

「はい。わかると思います」

「だとすれば、大伝馬町界隈《かいわい》に市太郎の生みの親は住んでいたのかもしれないな」

「お花……、お梅をやって確かめさせましょう」

「うむ、それが好いな」

夫婦の表情に笑みがこぼれた。

すると表の方から、

「おっとこいつは、うまそうだ、うまそうだ。うん、うまそうだ」

という客の声が聞こえてきた。

柳之助の表情が再び引き締まった。

この言い廻しは密偵の九平次が店へ繋ぎを取りにきた時の決まりであった。

「いらっしゃい！」

柳之助が慌てて店先へ出ると、果してそこには九平次がいて、団子の串を見廻している。

「一本もらおうかねえ」

「いつもすみませんねえ」

九平次は代を払いつつ、柳之助にそっと結び文を手渡していた。

「毎度、ありがとうございます……」

すかさず千秋が団子を手渡すと、

「こいつが楽しみでねえ……」

九平次は団子を口にしながら去っていった。

この言葉を言う時は、緊急事態ではないので、まず文を読んでもらいたいとの合図である。

柳之助は結び文をさっと一読すると、それを火にくべて、

「そんなら行ってくらあ……」

と、市太郎とお花が仕度してくれた荷を担いで振り売りに出た。

今はすぐに日暮れ横丁には売りに行かず、亀戸天神社を目指した。

九平次の繋ぎは、定町廻り同心・外山壮三郎と会えというものであった。

いつものように太助《たすけ》灯籠で一休みすると、

「団子屋、ひとつもらおうか」

と、柳之助の姿を認めた壮三郎が、傍《そば》へと寄ってきた。

「へい、旦那、ご苦労様でございます！」

そんなやり取りを交わしておいて、二人は密談を始めた。

「何かわかったかい……？」

柳之助は声を潜めつつ問うた。

今日の繋ぎは、かつて市太郎が働かされていた掏摸《すり》・百足の助松一味についての報告であると知れていた。

「ああ、板橋で若い掏摸の二人組が、旅に出る商人の懐《ふところ》を狙ったものの、通りすがりの剣客に見咎《みとが》められ、掏った財布を投げつけて逃げ出した……。人をやって調べたところ、確かにその一件は起こっていたようだ」

「そうか、それで掏摸の二人組は、その後どうなった？」

「行方はわからぬ。財布は戻ったのだ。まずそれでよしとして、商人は急ぎの旅であったゆえ、役人に届けることもなく、そのまま旅発《たびだ》ったようだな」

「二人組はまんまと逃げたというわけか」

「そういうことだ」

「市太郎が、掏摸の仲間だと気付いた者はいなかったか」

「いや、そんな話は聞こえてこなんだ」

剣客が達人で、見事に掏摸の動きを見破った衝撃が大きくて、小さな子供が道端でべそをかいていたことになど、誰も興をそそられなかったと見える。

「そうか、そいつはよかった」

柳之助は安堵《あんど》の笑みを浮かべたが、

「百足の助松は、その筋では随分と知られている掏摸だそうだ」

壮三郎は忌々しそうに言った。

その筋で名を知られている悪党を、壮三郎は知らなかった。それが悔しいらしい。

同心にも受け持ちの地域や犯罪がある。

江戸中の悪党を知っている必要などないのだが、壮三郎は気がすまないらしい。

調べていくと、指先の名人芸を誇り、少々財布を掏られても暮らしに困らない相手しか狙わないというような〝三分の理〟を持った掏摸ではなかった。

無頼の輩のように、商売敵を力で潰し、金のためなら人殺しも辞さない凶悪さでのし上がってきたのが、百足の助松であった。

おまけに飢えて死にそうになっている子供を拾ったのはよいが、危険な悪事の手伝いをさせていたのは許せない。

市太郎は聡明《そうめい》な子供だが、助松によって籠の鳥にされていたので、あらゆる記憶が曖昧になっていた。それゆえ助松一味の実態がなかなか摑めなかった。

それでも市太郎がところどころで覚えている風景を繋ぎ合わせると、五行松《ごぎょうまつ》の近くに隠れ家があったと推察された。

となれば、市太郎が助松一味と暮らした寮は、根岸《ねぎし》の里と呼ばれる、文人墨客が好んで居を構える風光明媚《めいび》なところにあったはずだ。

目立つほどの大きな寮にはいなかったであろうし、掏摸の一味となれば、隠れ家を転々としているに違いない。

そう考えて、近頃小体《こてい》な寮を引き払った者はいないか、手先達に当らせると、果して助松一味の特徴に符合する連中が住んでいたという寮が見つかった。

市太郎が、板橋から逃げてきた頃合と、引き払った時期は重なる。

乾分二人がしくじったと聞いて、すぐに場所を移したのに違いない。

「助松が今どこでどうしているかはわからぬが、ひとつの手がかりを摑んだのだ。これからしっかりと追い詰めてやるさ」

壮三郎は力強く言った。

こういう時の盟友は、真に心強い、頼りになる存在だ。

柳之助は大いに感じ入って、

「よろしく頼む。奴らをこのまま野放しにしていては市太郎も落ち着かねえや」

「ああ、任せておけ」

「おれの方からも、報せておきたいことがあったんだ」

「ほう、それはちょうどよかった。何か起きたか」

「賭場を荒らしまくっていた乙三という男が消えちまった」

「そいつは穏やかではないな」

「ああ、おれのしくじりだ……」

柳之助は、出刃の楽次郎との一件を、詳しく語り聞かせた。

「そんなことがあったのか。葛籠に入れて運び出したか。賭場荒らしも大層なものだが、そ奴らも荒っぽいな」

壮三郎は、あらましを頭に叩き込むと、何度も頷いてみせた。

「人が流れてきては消えていく……。てえことは、金や物も同じなんだろうな。乙三を連れ去った奴らが何者だったのか。それがわかれば、日暮れ横丁の闇が少しは明かされただろうに、まったく情けねえ……」

「そうふさぎ込むことはない。あの横丁がどういうところか、それがわかればよいのだ。まずは上々の出だしだよ。いくらおぬしとて、二六時中見張っているわけにもいかぬのだからな」

「うむ。それはそうなのだが……」

柳之助は心の内で失笑した。

千秋を慰めたのと同じ言葉をかけられている自分がおかしかったのだ。

「それより、厄介なのはその、出刃の楽次郎だな」

「楽次郎？　あの男は小博奕はするし、喧嘩もするが、悪い奴ではないんだ」

「好い奴なんだろ」

「ああ」

「そこが厄介だと言うのだよ」

壮三郎は、やさしい目を向けた。

「どういうことだい？」

「今のところは好い奴だが、何かとんでもない罪咎《つみとが》を犯していた……、それがわかる時がくるかもしれぬではないか」

「それは……、そうかもしれねえな」

「その時はどうする」

柳之助は口ごもった。

壮三郎が厄介だと言った意味が、よくわかったからだ。

「その時は……、壮三郎に知らせるから、そっちで捕《とら》まえてくれ」

「よいのか?」

「それが隠密廻りの務めだよ」

「うむ、そうだな」

壮三郎は思い入れをして、しばし黙って団子を食べた。

やがて団子を食べ終ると、

「消えた乙三の一件も、そっと調べておこう。気をつけてな」

そう言い置いて、

「団子屋、腕を上げたな。いこううまかったぞ!」

この日もまた、柳之助と別れた。

「旦那、いつもありがとうございます!」

柳之助は、壮三郎への謝意を含めて言った。

隠密は、探索のために人に近付くが、そのうちに情が移ることもある。

しかし、それでも正義は正さねばならない。

〝泣いて馬謖《ばしょく》を斬る〟そんな決断を迫られる時もあろう。

それを気遣う友・外山壮三郎の温かさを覚えると、心が安らかになった。

また同時に、隠密廻りのやるせなさも込み上げてくるのであった。

——出刃の兄さん、頼むからおれに悪事をさらけ出さねえでおくれよ。お前を牢《ろう》へは送りたかねえや。

乙三を攫われて、がっくりと肩を落していた楽次郎の姿がやけに浮かんできて、柳之助はやさしさを持て余していたのである。

第三章　悲恋

（一）

「おっとこいつは、うまそうだ、うまそうだ。うん、うまそうだ」

団子屋〝千柳《せんりゅう》〟の表に、客を装った九平次《くへいじ》がやってきた。

いつもの繋《つな》ぎを取りにきたのは、この決まり文句でわかる。

まだ店を開けたばかりで、〝千柳〟の主《あるじ》・隆三郎《りゅうざぶろう》こと芦川柳之助《あしかわりゅうのすけ》は、店の奥で、女房・お春《はる》こと千秋《ちあき》と朝餉《あさげ》をとっていた。

店先には、先に食べ終えて仕事に励む、お春の妹・お梅《うめ》ことお花《はな》が、市太郎《いちたろう》と二人で出ていて、これに応対した。

お花が九平次と顔見知りなのは、言うまでもない。

「いらっしゃい！」

あどけない笑顔で迎える市太郎の横から、

「はい、どうぞ」

と、お花が団子の串を差し出すと、

「いつもすみませんねぇ」

阿吽《あうん》の呼吸で奥から柳之助が出てきて、代と一緒にそっと結び文《ぶみ》を受け取る。

その内容が緊急を要しない時は、

「こいつが楽しみでねぇ」

と、九平次は団子を口にしながら立ち去るのだが、

「朝食ったばかりだってえのに、もう腹が減ってきやがったよ」

この日は、そう言って立ち去った。

これは緊急を報《しら》せる合図である。

奥から顔を覗《のぞ》かせる千秋の表情にも緊張がはしった。

柳之助は、息を整えてすぐに奥へ入ると、結び文を一読した。

そして、そっとそれを火鉢にくべて涼しい顔で、

「ちょいと用を思い出したよ。ひとっ走りしてくらあ」

と、千秋に告げて店を出たのである。

その際、彼は素早く、

「三四へ……、骸《むくろ》を検《あらた》めに……」

と、耳打ちしていた。

勘の好《よ》い千秋にはこれだけで、ほぼ状況が推察出来た。

〝三四〟というのは、外神田の佐久間《さくま》町三丁目と四丁目の間にある大番屋のことである。

通称、〝三四の番屋〟。定町廻《じょうまちまわ》り同心・外山壮三郎《とやまそうざぶろう》が、ここへ柳之助を呼び出したのだ。

「骸を検めに……」

というのが気にかかる。

しかし、千秋には誰の骸なのか察しがついていた。

柳之助は駆けるように旅所橋《たびしょ》へ出て、袂《たもと》にある船宿から猪牙《ちょき》を仕立てて、外神田へと向かった。

船宿は、奉行所の息がかかっていて、手間要らずである。

柳之助は素早く三四の番屋に入ることが出来た。

裏口からそっと入ると、板間に筵《むしろ》が掛けられた骸が見えた。

傍《そば》には外山壮三郎がいた。

周囲には、彼の小者《こもの》の他は人がおらず、衝立《ついたて》で目隠しがされている。

隠密《おんみつ》廻りであり、小商人の体でやってきた柳之助の姿を、人目に触れさせないための配慮なのであろう。

壮三郎は、柳之助にひとつ頷《うなず》くと、

「おぬしには見覚えがあるのではないかと思ってな」

小者に筵をめくらせた。

骸はしとど濡《ぬ》れている。土左衛門《どざえもん》として見つかったもののようだ。

柳之助は、その面体を確かめると、

「ああ、こいつが賭場《どば》荒らしの乙三《おとぞう》だ」

と、苦い顔で告げた。

「やはりな。そんな気がしたのだ」

「どこに打ち上がったのだ？」

「柳島《やなぎしま》橋近くの水辺だ」

「柳島橋近く……」

そこは、日暮れ横丁からほど近い。

「船でどこかへ連れ去られたのではなかったようだな……」

大きな葛籠《つづら》に入れられ、横十間《よこじつけん》川につけた船に乗せられて、どこかへ運ばれた。

そのように思っていた柳之助であったが、

「実のところは、横丁のどこかへ移されて、そこで宝の在《あ》り処《か》を白状させられたのではなかったか」

壮三郎は、そのように見ていた。

「なるほど、宝の在り処を聞き出した後は、お宝を見つけて、金の色を確かめた後で始末して、川へ捨てた……」

重しをつけて沈めたのだが、それが何かの拍子に外れて浮いてきた――。

乙三を捕えにきたのであれば、楽次郎《らくじろう》が見つけたのと時期が重なっている。

日暮れ横丁に乙三がいると聞いて、四人で捜し廻っていたら、楽次郎が先に見つけて痛めつけ、七兵衛《しちべえ》の古道具屋に連れ込むのをたまさか目撃したのであろうか。

となれば、大きな葛籠を初めから用意していたというのもおかしな話である。

乙三が動けない状態であるとわかったゆえに、どこからか大きな葛籠を調達してきて、それを持って七兵衛の古道具屋へ押し込み、乙三を中へ入れて運び出した。

というところであろう。

しかし、楽次郎と共に乙三を川岸から運び出した時。

柳之助は、それを誰かに見られていたという気配はまるで覚えなかった。

さらに、楽次郎は確かに町医者の無庵《ぶあん》と、〝きよの〟で一杯やって、その間、乙三から目を離していたが、それも一刻《いっとき》くらいのことであった。

その間に乙三を見つけ、どこからか大きな葛籠を四人で運んできたというのは、真実味に欠ける。

千秋が酌婦に化けて横丁を見廻った時、七兵衛の古道具屋を何者かが見張っていた様子もなかった。

「どうも妙だな……」

柳之助は首を傾《かし》げた。

「ああ、妙だぜ。乙三が日暮れ横丁にくるのを横丁の何者かが端《はな》から知っていて、待ち構えていたところを、楽次郎に先を越されたと考える方が辻褄《つじつま》が合う。そうではないか？」

　壮三郎はそのように推量した。

「壮三郎の言う通りだ。あの横丁には何匹もの蜘蛛《くも》がいて、方々に巣を張っている……、そんな気がする」

　柳之助は神妙な面持ちとなった。

「その蜘蛛達の他に、横丁中に巣を張り巡らせている大蜘蛛がいて、どこかに潜んでいるのかもしれぬな」

「ああ、気がついたら蜘蛛の糸にがんじがらめにされているような……。薄気味が悪いところさ」

「どうしたものかな。乙三について、横丁へ取り調べに入るべきか否か……」

「いや、身許《みもと》がわからねえ、土左衛門ということにしておこう」

「それで好《い》いか？」

「下手《へた》に突つくと、大蜘蛛がどこかへ潜ってしまうかもしれぬからな」

「うむ、わかった。だが、今度の乙三殺しで、子蜘蛛が何匹か姿を現わしたかもしれぬな」

「そのようだ。ひとつ、蜘蛛の巣に絡まってみるとしよう」

「用心してくれ。まあ、おぬしには強い妻が付いているから心丈夫であろうがな」

壮三郎がニヤリと笑った。

「強い妻か……。千秋のことを?」

「ああ、御奉行直々に知らされたよ」

「そんなら胸の支《つか》えが取れたよ。壮三郎には知っておいてもらいたかったのだが、何しろこのことは……」

「わかっているよ」

壮三郎は大きく頷いてみせた。

千秋の生家〝善喜堂《ぜんきどう》〟の主《あるじ》・善右衛門《ぜんえもん》が、〝将軍家影武芸指南役〟という裏の顔を持っているということは、幕府の中でも極秘事項である。

それを知っているのは、限られた幕府の重役だけで、自分の妻がその娘で、武芸百般を身につけていることは、いかに盟友の外山壮三郎とて、容易に打ち明けられるものではなかったのである。

だが、南町奉行・筒井和泉守《つついいずみのかみ》は、老中・青山下野守《あおやましもつけのかみ》の許しを得て、千秋を隠密見廻り同心・芦川柳之助の一族郎党の一人として、探索に加わるように仕向けている。

こうなると、壮三郎には千秋の素姓《すじょう》を伝えておくべきだと、和泉守が内密に知らせたというわけだ。

これは柳之助にとっては、実にありがたかった。

そして壮三郎はというと、

「このような秘事を知る一人となったというは、この外山壮三郎、大いなる誉《ほまれ》と存ずる」

と、巨体を揺すって威儀を正したものだ。

「おいおい、そんな改まったもの言いはやめてくれよ。いくら妻が強くても、いざとなれば外から見守ってくれている壮三郎が頼りだ。夫婦共々何卒《なにとぞ》よしなに」

柳之助は苦笑いを浮かべて、彼もまた威儀を正してみせたのである。

（二）

無惨にも川岸に打ち上げられた乙三は、背後から刃《やいば》で一突きに殺されていた。

だが、出刃《でば》の楽次郎にとっては、己《おの》が手の内からすり抜けてしまった上は、これを知る術はなかった。

この横丁にくれば、そのうち乙三が顔を見せるかもしれない……。その思惑がぴたりと当ったというのに、少しの間に攫《さら》われた無念は、楽次郎を自棄《やけ》にさせていた。

柳之助は、楽次郎の次なる行動が、日暮れ横丁の闇を浮き上がらせるかもしれないと思い、楽次郎にさらなる接近を試みた。

隠密廻りの務めもさることながら、柳之助の心の内には、楽次郎の傷心を気遣う友情が育まれていたともいえる。

柳之助の目から見ると、日暮れ横丁とその周辺に住む者の中では、浪人の猫塚禄兵衛《ねこづかろくべえ》と共に楽次郎が、信じるに足る男だと思えるのである。

所詮は自分も身分を偽り、楽次郎へも禄兵衛へも嘘《うそ》をつき通す付合いなのだが、それだけに、

「この男を決して悪いようにはしない」

と思って触れ合う気持ちが大きいのだ。

隠密廻り同心を拝命した時、古参与力の中島嘉兵衛《なかじまかへえ》は、

「探索に関《かかわ》った相手に嘘をつく時は、誠心誠意嘘をつき通せ。後で嘘とわかっても、その嘘が懐《なつか》しく思われるほどにのう」

と、柳之助に言った。

今はこの言葉がありがたかった。

あれから楽次郎は連日、〝きよの〟で飲んだくれていた。

乙三を奪われたこと、三十両の金が消えてしまったことなど、すべては過ぎ去ったことである。

しくじりと失望を繰り返して生きてきたのは自分だけではない。

日暮れ横丁に住んでいる者は、男も女もそんな日々の積み重ねであったはずだ。

今さら一喜一憂などしていられない。

だが、楽次郎も三十を過ぎて、やさぐれてしまった己が人生にひとつの区切りをつけたかったのだ。

一両や二両の金ならば、少し博奕《ばくち》を打てば稼げる時もあるが、三十両となれば滅多《めった》にない。

あの時の博奕は、生まれてからこの方、これほど付いたことがないという勝ちっぷりであった。

これを汐《しお》に、無軌道な暮らしを止《や》め、己が料理人の腕を活《い》かして、小さな居酒屋でも好いから、自分の店を持ち、人並みの幸せを感じて後の半生を過ごしてはどうだ――。

楽次郎は素直にそう思ったのだ。

千にひとつもない付きが巡ってきたのであるから、その流れに身を任せようと。

それなのに、賭場荒らしに遭うとは、これは千にひとつもない不運であった。博奕の金である、どこへも言って出られないのが腹立たしい。何よりも、自分に芽生えたまっとうな暮らしへの願望を、あっという間に消し去ってしまった賭場荒らしへの強い憎しみが生まれたのである。

こうなったら、乙三という賭場荒らしを捕え、三十両を取り返してやる――。

その想《おも》いが、楽次郎の将来への望みを支えたといえよう。

蛇の道は蛇という言葉通り、楽次郎は日暮れ横丁を知り、乙三が以前何度か遊んでいたと聞きつけここで暮らし始めた。

他人の過去など知りたくもない――。

それが日暮れ横丁での流儀であると知り、

――おれには、ちょうど住みやすいところじゃあねえか。

たちまち横丁に溶け込んだ。

何よりもこの横丁には、夢があった。

それがすべてひっくり返されたのだ。

彼の絶望はここに極まった。

酒に一時我を忘れよう。そのうちに何か付きが巡ってくるかもしれないではないか――。

楽次郎は今、そのような想いでいるのに違いない。

柳之助はまだ齢《よわい》二十五ではあるが、八丁堀《はっちょうぼり》で育ち、これまで市井を見廻ってきたゆえに、こういう男の機微が、理屈ではなく肌合いでわかるのだ。

こうなってしまった男には、下手に慰めの言葉をかけぬ方がよい。かといって、悩める男は心のどこかで、誰かに構って欲しいとも思っている。

「おれのことはうっちゃっといてくんな」

独りでいたい、独りにしてくれと言いながら、孤独の痛みに身もだえをしているものなのだ。

とどのつまり、いつまでも聞き分けのない子供のような一面を持ち続け、時にそれを表に出してしまう、真《まこと》に厄介な生き物が男だといえよう。

〝きよの〟の外から、暖簾《のれん》越しに覗くと、その夜も楽次郎はむっつりと押し黙って酒を飲んでいた。

ちろりに添えられた肴《さかな》の少なさから、楽次郎がただやけ酒を飲みにきているのがよくわかる。

柳之助は、乙三の一件からこの方、楽次郎と共に酒を飲むのを控えていた。

ぐったりとした乙三を、七兵衛の古道具屋へ運び込んだ折は、柳之助の手を借りた。となれば、黙って一人で飲みたいところであっても、楽次郎も柳之助を邪険にも扱えない。

柳之助は、そこを気遣ったのである。

だが五日も経《た》てば、楽次郎の心の中にも、

「誰かと話がしてえ……」

そんな気持ちも生まれてこよう。

柳之助は〝きよの〟へ足を踏み入れた。

「いらっしゃいまし……」

女将《おかみ》のおのぶは、柳之助の姿を見て、少しほっとした表情を浮かべた。

彼女も酔客を扱う身である。

柳之助と同じ想いで、酒に飲まれている楽次郎を眺めていたのであろう。

柳之助は、おのぶににこりと頬笑《ほおえ》むと、楽次郎が腰をかけている長床几《ながしょうぎ》に、少し間を空けて腰をおろした。

「酒を頼むよ……」

そして注文をすると、しばし何も言葉をかけずに、運ばれてきた酒を黙って飲んだ。

楽次郎は、柳之助に気付いたが、同時に彼の自分への気遣いも悟ったようで、少しばかり決まりが悪そうな顔で、ひとつ頷いてみせた。

柳之助もこれに倣う。

歳《とし》は随分と楽次郎の方が上なのだ。

弟分の団子屋隆三郎は、無言のうちに、

「兄ィの顔を見たくなってねえ。だからって、一人で酒を楽しんでいるなら、おれは邪魔をするつもりはねえよ」

と、告げたのだ。

少し楽次郎の口許《くちもと》が綻《ほころ》んだような気がした。

そこへ、おのぶが熱いのを新たに運んできて、

「団子屋の兄さん、こいつはあたしのおごりだから、この、しけた顔をした兄さんに注《つ》いでやっておくれな」

と、声をかけた。

「こいつはすまねえ。うん、そうさせてもらうよ」

柳之助は、ちらりと楽次郎を見て、おのぶに笑ってみせた。

〝きよの〟には、もう何度もきているが、おのぶと言葉を交わしたことはほとんどな

かった。

それでも、芯の強さと男勝りが見え隠れしていたおのぶに、今宵《こよい》は少しばかり女の弱さを見たような気がした。

珍しく翳《かげ》りが表情に潜んでいるのがわかるのだ。

——楽次郎の嘆きが、おのぶにも移ったのか。いや、そうでもあるまい。

柳之助は一旦、その詮索を胸の内に収めて、

「兄ィ、女将がおごってくれたよ。まず先に飲んでおくれよ」

と、酒を勧めた。

「おう、隆さん、すまねえな」

楽次郎は、これを受ける。

とにかく、おのぶのお蔭《かげ》で沈黙が破られたのは幸いであった。

「おのぶさんよう。どういう風の吹き回しだ。おれに一杯おごるとはよう」

楽次郎は、おのぶに礼の代わりに皮肉を言ったが、いつもの切れ味はない。

「そんな風にあんたが押し黙って飲んでいるとねえ、こっちも調子がおかしくなるんだよう」

おのぶもやり返したが、二人の言い合いにいつもの勢いはなかった。

「おれは馬鹿じゃあねえんだよ。いつも笑っていられるかよ」

楽次郎は溜息《ためいき》交じりに言うと、

「だが、嬉《うれ》しいよ……」

小さく笑って、盃《さかずき》を掲げてみせた。

それを機に柳之助は、あれこれと楽次郎に話しかけた。

「やっぱり兄ィと一杯やってあれこれ話さねえと、何やらおもしろくねえんだよなあ」

柳之助が人懐っこい笑顔を向けると、

「そいつは好いが、また銭にもならねえことで、重てえ野郎をおれと一緒に運ばなきゃならなくなるぜ」

また皮肉な笑いを浮かべた楽次郎であったが、声に少し張りが出てきた。

「兄ィ、一度、おれの家へきておくれよ」

「団子屋で一杯？　ははは、お前の恋女房見せられて、惚気《のろけ》を言われたんじゃあ、堪《たま》らねえや」

「まあそう言わねえでよう。うちの嬶《かか》ァに兄ィの話をしたら、連れてきておくれ、なんて言いやがるのさ」

「そいつは何だな、お前がおれとつるんで、よからぬことをしているんじゃあねえかと、おれに探りを入れるつもりなんだろうよ」

「そんな嫌な女じゃあねえよ」

「ほら、やっぱり悋気を言う……」

「ああ、いくらでも言ってやるよ。おれの嬶ァはねえ、おれの話しぶりで、おれがどんだけ兄ィの世話になっているかわかるんだよ。だから一目会って礼を言いてえってさ」

「おれに礼を？　恨みごとの間違えじゃあねえのか？」

「いや、知らねえ町へやってきて、つまらなそうにしていたおれが、兄ィの話をするようになってから、顔色がよくなったたって言うんだよ」

「それもみなおれのお蔭だってえのかい？」

「そうだよ」

「へへへ、おきやがれ……」

照れ笑いを浮かべる表情に、いつもの楽次郎らしい、どこか人を食ったようなおかしみが出てきた。

「そのうち行くよ」

「ああ、めでてえかみさんによろしく言っておいてくんな」

楽次郎は、柳之助と喋《しゃべ》るうちに、心と体がほぐれたのか、やがてごろりと横になって、長床几の上で眠ってしまった。

「兄ィ……」

このまま寝かせておくか、連れて帰るか逡巡《しゅんじゅん》する柳之助に、

「楽さんも大変だねえ」

と、おのぶが寄ってきて嘆息した。

「ああ、乙三って悪党をとり逃したのが、よほど悔しかったんだろうなあ」

「お金なんかなくたって、楽しく生きていられる人なのに、そんなに悔しがらなくたって好いってもんだ」

「兄ィにとっちゃあ、大事な金だったのさ」

「博奕で勝ったお金なんだろう。この人が本気で包丁を揮《ふる》ったら、三十両くらいのお金なんて……」

おのぶはそこまで言うと、

「本当かい？」

「まあ、余けいなお世話だね」

ふっと笑って板場へと入った。

柳之助は、その姿を一瞬鋭い目で見送ると、

「兄ィ、帰るよ……」

楽次郎を起こして店を出たのであった。

（三）

それから柳之助は、川端で酔いを冷ませばどうだと、楽次郎を誘った。

楽次郎は、素直に柳之助の言葉に従ったが、川風に酔いを冷ますと、

「隆さん、お前、おれに何か言いたいことがあるんじゃあねえのかい？」

ぽつりと言った。

「わかるかい？」

「ああ、お前は団子屋にしておくのが惜しいくれえ、頭の切れる男だからな」

「そいつは買い被《かぶ》りってもんだよ。だが、ちょいと気になることがあってよう」

「何だい？」

「乙三に持っていかれた博奕の金だが、三十両だったというのは、おれの他に誰かに

「賭場荒らしに勝った金を持っていかれた話はしたが、それが三十両だったってえのは、お前の他には誰にも言っていねえよ」

「そうかい……」

「それがどうかしたのか」

「〝きよの〟の女将は知っていたよ。三十両のことをよ……」

柳之助がそう言うと、楽次郎の表情が険しくなった。

「おのぶがそう言ったのかい……」

「ああ、〝この人が本気で包丁を揮ったら、三十両くらいのお金なんて……〟と言ったよ」

「酔っ払っている時に三十両の話をしたのかもしれねえ」

「していたら、女将のことだ、今までに兄ィと口喧嘩《くちげんか》をしていた時に口に出していたはずだよ」

楽次郎は何か言おうとして、言葉を吞《の》み込んだ。

「兄ィが乙三を見かけて叩《たた》き伏せた。それからすぐに、乙三が攫《さら》われたってえのが、おれはどうも解せねえんだよ」

言ったかい？」

「横丁の誰かが、おれが〝きよの〟で酒を飲んでいる間に攫っていったってえのかい？」

楽次郎は低い声で応えた。

「ああ、煙草《たばこ》屋の婆《ば》ァさんは、大きな葛籠を運ぶ四人組を見たというが、どうも怪しいや。まあ、それが本当だとしても、横丁の外から乙三を捜しにきた野郎達が、そんな葛籠を持ってこねえだろう」

「だから、どうだというんだ」

「大きな葛籠に放り込まれて、船でどこかへ運ばれた、おれはそう思っていたが、奴《やつ》は横丁のどこかへ連れていかれたんじゃあなかったのかねえ。兄ィから助けてやると言われてよう」

楽次郎が医者の無庵と〝きよの〟で一杯やっている間に、誰かが七兵衛の古道具屋に押し入り、近くのどこかへ連れ去った。

そこで息を吹き返した乙三に、

「おれ達が助けてやるから、金の在り処を教えな」

と迫り、それを確かめた後に始末してしまったのではないかと、柳之助は楽次郎に己が推測を告げた。

楽次郎は、怒りを顔に浮かべて、

「隆さん、お前、おのぶを疑っているのか」

柳之助を睨《にら》みつけた。

「ああ、疑っているよ」

柳之助は静かに応えた。

三十両の話はしなくても、楽次郎は賭場荒らしに、博奕で勝った金を持っていかれた。いつか見つけて取り返してやる。そんな話は〝きよの〟でしていたはずだ。

そしてあの日。

楽次郎は、飲んだくれの医者に〝きよの〟で酒を飲ませてやった折に、

「賭場荒らしの野郎を見つけたのは好いが、こいつを殺しそうになっちまって、今先生に療治してもらったところさ」

などと酔いに任せて言ったのではなかったか――。

柳之助がそれを問うと、楽次郎はますます表情を険しくして、

「おのぶがその話を誰かにして、おれが店にいる間に襲わせたと言いてえのかい」

「女将が言ったのか、店の者が言ったのかはしれねえ。だが、おれが見たところ、女将の兄ィへの様子がどうもすっきりしねえ」

「おれに酒をおごってくれたり、気遣う素振りを見せたり……、てかい？　とどのつまりおのぶは、乙三が横丁に流れてくるのを知っていて、おれから横取りしたと、お前は言いてえんだな……」

「その通りだ。横取りしたものの、女将は兄ィに気があるから、それが辛《つれ》えんだ……」

「やかましいや！」

「兄ィ……」

「おのぶには、おかしな野郎がついていて、そいつへの義理立てで、おれに一杯くわしやがった……？　ふん、くだらねえ。お前におのぶの何がわかるんだ。おのぶを腐しやがったら承知しねえぞ！」

「兄ィ……、おれは兄ィのことが気になったから……」

「うるせえ！」

楽次郎は、いきなり柳之助に殴りかかった。

柳之助は横っ面を殴られたが、あえてかわしはしなかった。

ここで己が武芸を見せては、かえって楽次郎に疎まれて、友情が絶えてしまう。

柳之助が見たところ、楽次郎は知らぬ顔を決め込んでいるが、横丁の闇をそれなりに知っていると思われる。

「兄ィ、よせよ。痛えよ……」

柳之助は逆らわずに楽次郎を抱き止めて、殴られるのを防いだが、思った以上に楽次郎は腕っ節が強かった。

暴れ出すと酔いがたちまち冷めてしまうのか、ますます力が強くなる。

そして一度激昂《げっこう》すると、なかなか収まらない男らしい。

柳之助を押しのけると、さらに一撃を加えてきた。

柳之助はまともに受けると怪我《けが》をするので、僅かに間を外し、楽次郎の鉄拳を右の二の腕で受けた。

そして再び抱き止めんとするが、またふりほどかれた。

「兄ィ、勘弁してくれよ……」

「うるせえ、手前の腕っ節は、こんなもんじゃあねえだろ。かかってきやがれ！」

再び間合を切って殴りかからんとする楽次郎であったが、その刹那《せつな》、

「痛ェ……！　だ、誰でえ……！」

と、頭を押さえて振り向いた。

「うちの亭主に何するんだい！」

するとそこには、棒切れを手にした千秋が立っていた。

棒切れで頭をぽかりとやったが、千秋のことである。そこは加減がわかっている。

団子屋隆三郎を救《たす》けようと夢中で、棒切れを揮った勝気な女房を巧みに演じていた。

今宵はじっとしているようにと柳之助から言われていた。

柳之助は下手すると、楽次郎と喧嘩になるかもしれないと思っていたが、男と男にはぶつかり合いも時に必要であろう。

喧嘩が友情を深めるのだと言い置いて、楽次郎と向きあった。

そっと妻に見守られていては、調子が出ないと考えたのだが、今宵はこの妻の出過ぎた参戦が功を奏した。

「何でえ、恋女房が助《すけ》っ人《と》かよう」

自分を殴りつけたのが、隆三郎の女房と知って、楽次郎のいきり立った気が萎えたらしい。

「いきなりこんなものでぶったことは謝ります。でも、うちの人は勘弁してくれと言っているのですよ。それをしつこく殴ろうとする兄貴分がありますか!」

千秋は叱りつけた。

はっきりとものを言う女に楽次郎が弱いのを聞いていたからだ。

楽次郎は、まじまじと千秋を見て、

「お春さんだったね。お前の言う通りだ。すまなかった……。隆さんがお前に惚《ほ》れているように、おれにも惚れた女がいてねえ。まあそれで、ちょいとむきになったのさ」

「やどが余けいなことを言ったのならお詫《わ》びしますが、それも楽次郎さんが好きだからこそ……」

「ふふふ、おれに詫びることはねえや……。隆さん、噂《うわさ》通りの好いかみさんだなあ」

楽次郎は、力なく柳之助に手を振って、とぼとぼと歩き出した。

「兄ィ！　機嫌が直ったら、うちへ飲みにきておくれよ！」

「いつでもどうぞ！」

柳之助と千秋は彼の背中へ声を投げた。

怒らせた肩が、笑ったように見えた。

「あの人を騙《だま》したのなら、〝きよの〟の女将は許せませんね」

千秋は柳之助に囁《ささや》いた。

「騙しているのは、おれ達も同じさ」

柳之助が溜息交じりに応えると、

「いえ、旦那様は、あの人を正しい方へ導くために、泣く泣く嘘をついているのです。〝きよの〟の女将とは違います」

千秋はきっぱりと言った。

「そうだろうか」

「はい、そうです」

楽次郎には、こんな気安めを傍で呟《つぶや》いてくれる女《ひと》さえいないのだ。そう思うと、隠密の仕事を抜きにしても、楽次郎の屈託を晴らしてやりたくなってくる柳之助であった。

「また出しゃばってしまいましたか？」

「いや、ありがたかったよ」

「よかった……」

「もう少し、出しゃばってもらおうかな」

「はい。何なりと」

「お前は確かに、好いかみさんだよ」

（四）

出刃の楽次郎は、次の日の夜、〝きよの〟には現れなかった。

気まずいままでもいけないと、芦川柳之助はそれとなく店を覗いたが、いつも飲んでいる時分に楽次郎はいなかった。

さすがに〝隆さん〟と喧嘩になったのが、おのぶを巡ってのことなので、女将の顔を見たくなかったのであろう。

——まさか、横丁から消えてしまったのではなかろうな。

昨夜楽次郎と喧嘩になり、千秋の機転で別れた後、柳之助は密偵の九平次に繋ぎを取り、楽次郎の様子を探らせ、横丁の南の端にある居酒屋にいるのを確かめていた。

酒場を転々として暮らす楽次郎は健在であったようだ。

柳之助がその店の様子を窺《うかが》うと、板場から楽次郎の声がした。

人前に姿を見せず、今日は料理人に徹しているらしい。

柳之助は少しほっとした。

おのぶへの疑念を楽次郎にぶつけるのは、ひとつの賭けであった。

楽次郎が柳之助に対して心を閉ざしてしまえば、探索が難しくなるからだ。

喧嘩になったが、楽次郎はおのぶという女の怪しさを、既に理解していたと、察せられた。

さらに一押しすれば、横丁の暗部がより見えてくるかもしれない。その手応えを摑《つか》んだのであった。

とはいえ、今は安易に楽次郎に近付かぬ方がよかろう。

こちらも喧嘩の後だけに気まずさを見せておかねばならない。

まず、楽次郎が横丁にいることを確かめて、おのぶの行動に目を光らせるべきであろう。

夜更けて、居酒屋〝きよの〟が店仕舞するのを見届けたのは、流れ者の遊び人を気取った九平次と、千秋であった。

先だっては酌婦の姿をして、酔客相手に一暴れしてしまった千秋であった。

今宵はそのしくじりを生かして、夜になって、あれこれ残りもののおこぼれに与《あずか》らんとして横丁をうろついている老婆に化けて、おのぶを見張った。

かつては盗賊の一味として鳴らした九平次との探索であるから、なかなかに大胆かつ研ぎすまされた術が冴《さ》えた。

〝きよの〟が仕舞う時分となって、二人共さっと大屋根の上に姿を移して、そっとおのぶを見張った。

居酒屋を閉めてしまった後、おのぶは裏から出て、煙草屋の裏手へ出た。

この煙草屋は、病がちで滅多に人の前に顔を見せないお久《ひさ》という女が主《あるじ》で、そんなお久に代わって店を切り盛りしているのが、おりくという老婆である。

おりくは、乙三が四人組によって、大きな葛籠に入れられ、どこかへ運び出されたのを目撃していた。

しかし、柳之助は、盟友・外山壮三郎と語り合った結果、

「この婆ァさんの言うことはどうもおかしい」

と疑っていた。

その煙草屋へ、おのぶは裏手からそっと中へ入っていった。

その様子を大屋根の上から認めた千秋は、猿《ましら》のように屋根伝いに、煙草屋の屋根へと飛び移り、これに張りついた。

九平次は、千秋の身の軽さに、今さらながら感じ入ると、〝きよの〟の大屋根の上に止《とど》まり、そこから煙草屋の様子を窺った。

何か異変が起こり、緊急事態が発生した時は、九平次が屋根の上から呼び笛で急を

報せる段取りである。

その折は、団子屋〝千柳〟に隠し置いてある小型の半鐘を二階の物干しに設置して、打ち鳴らした後、柳之助はお花と共に駆けつけることになっていた。

だが、そうなった時は、横丁の影の支配者を取り逃してしまうかもしれぬ。

それゆえ、横丁の謎を解明する上で、この探索に失敗は許されなかった。

柳之助は既に、乙三が攫われたと思われる時分に、大きな葛籠を抱えた四人組が、煙草屋の近くを通ったか、近隣の者達にそっと問い合わせていた。

しかし、おりくの言葉と同じ目撃証言を得られてはいない。

おのぶが消えていった煙草屋の屋根に潜んでいると、裏庭に面した一間の内から、やがておのぶが何者かと話す声が、千秋の耳にかすかに聞こえてきた。

「乙三のことは、とんだ邪魔が入ったが、首尾よく運んだのは、お前のお蔭だ。よくやったぞ……」

その声は、男の低い声であった。

煙草屋の奥の一間――。おのぶはここで何者かと密会しているのであろうか。

となると、この声の主が、おのぶの情夫で、日暮れ横丁に君臨する闇の元締かもしれない。

千秋は息を飲んだ。

「出刃の楽次郎という男だが……。騒ぎ立ててはいないか」

「いえ、もうどうしようもないことだと、すっかりと諦めております」

「そうか。おかしな動きを見せたら、すぐに報せろ」

「畏《かしこ》まりました」

「近いうちに客がまたくる。いつものように、な」

それからしばし沈黙の時が流れた。

男女が睦《むつ》み合う一時が始まったのかと思われて、千秋は気分が悪かった。

だが、それから小半刻《こはんとき》ばかりで、おのぶは煙草屋の裏木戸から外へ出て、居酒屋へ帰っていった。

屋根の上に人の気配を覚え、筆談に切り替えたのかもしれない。

千秋は気を引き締めたが、煙草屋にはおのぶが出て行ってから、人が動く気配はしなかった。

九平次と共に、〝きよの〟と煙草屋を見張ってから随分と時が経っていた。

その前は柳之助が見張っていて異常はなかった。

となると、千秋が耳にした男の声の正体は何なのであろう。

いつの間に煙草屋の一間へ入り、おのぶを迎え入れて密談に及んだのか。

病がちの女主人・お久を隠れ蓑にして、奥の一間を借り切り、密会の場にしているのであろうか。

それならば、やがて男も煙草屋を出て姿を現すはずだ。

千秋と九平次は、屋根の上で辛抱強く待ったが、男は一向に姿を見せなかった。

春とはいえ、夜の寒さは厳しい、いくら隠密行動に長じている二人であっても、この張り込みは辛《つら》い。

気力をもってしても、伏せてばかりいては体も固まる。

いざという時に、これでは不覚を取るかもしれない。

千秋と九平次は手を振って合図を交わして、引き揚げることにした。

まず九平次が引き揚げて、〝千柳〟に報せる。

そこからお花がそっと横丁に潜入し、千秋と交代した頃には、夜が白み始めていた。

「御苦労だったな……」

柳之助は、冷えきった千秋の体を抱き締めて温めながら、

――千秋がまた痩せた。

と、心の内で嘆いた。

ふくよかで肉置《ししお》き豊かな妻が好きなのに、このところは隠密廻りの務めが難局に入ると、千秋は、かつてのしくじりを思い出して、痩せ始める。

それがこの強妻にとっての縁起直しの儀式なのだが、こうして抱く度に、愛妻を危険に巻き込むことへの申し訳なさが募るのであった。

しかし千秋はというと、

――夫婦で難事に立ち向かう……、なんて幸せなことでしょう。

と、正しく身を削って、恋い慕う夫のために働く自分にうっとりとしている。

労《いたわ》りと喜びの尺度がまるで違う。

世にも奇妙な夫婦であった。

（五）

日が昇れば屋根の上などには潜んでいられない。

しかし、心を許せる者はいないと考えねばならない日暮れ横丁である。お上の御用と告げて、どこかの家や店を見張りの拠点として借り受けられないのが辛い。

お花も〝千柳〟の開店までには戻ってきて、

「やはり、煙草屋に怪しい男が潜んでいる気配はありませんでした」

と報告した。

「人知れず出入りができる、何かからくりがあるのかもしれねえな」

柳之助は首を傾げたが、

「だが、皆の働きで、〝きよの〟の女将が、乙三の一件に関わっていたことが明らかになった。〝きよの〟と煙草屋を突ついていけば、何かがわかるかもしれねえ。そこまで漕《こ》ぎつけられたのは大したもんだ」

柳之助は、千秋とお花の働きを労《ねぎら》った。

市太郎は店の者達の正体を何も知らず、健気《けなげ》に団子屋を手伝っている。

探索がすめばこの子をどうしてあげればよいか、という懸案が残っている。

市太郎が働かされていた百足《むかで》の助松《すけまつ》一味については、外山壮三郎が調べているが、まだこれといった手がかりは摑めていなかった。

市太郎の御守袋の布地の柄については、お花を〝善喜堂〟にやって問い合わせたところ、やはり千秋の記憶に誤まりはなく、一時、大伝馬町《おおでんま》の呉服店〝鈴屋《すずや》〟で売られ人気を博したものだとわかった。

幼い子を持つ母親、これからお産を控える女房が、我が子の魔除《まよ》けのためのお札を入れる御守袋にしたところ、これが流行《はや》ったのだという。

端切れであるから、それほどの数は出回らなかった。

〝鈴屋〞近隣の住人達によって買われ、すぐに売り切れた。

そうなれば、市太郎の実母は、その住人達の一人ではなかったか。

柳之助は、そこまでの話を外山壮三郎には伝えてある。

「なるほど、それなら〝鈴屋〞にも事情を聞いて、その辺りで子を生んだものの、訳あって手放したか、子の成長を見守ることなく死んでしまった女がいないか、手の者にすぐ当らせよう」

壮三郎はいつもながらに、頼もしい応《こた》えを返してくれていた。

千秋が煙草屋で聞きつけた、

「近いうちに客がまたくる。いつものように、な」

という謎の男の言葉。

これを読み解くと、〝きよの〞に何者かがやってきて、おのぶがそ奴を男に取り次ぐのではなかろうか。

追われる身となっている者は、まず日暮れ横丁に逃げ込む。

そこで〝きよの〞に入り、おのぶの情夫と繋ぎを取り、何らかの見返りと交換に、己が身を守ってもらう。又は、儲《もう》け話を持ち込み手を借りる。

そんなところではなかろうか。

となれば、近々横丁で何らかの取り引きが行われるのかもしれない。

何とかその情報を仕入れたいところであるが、その潜入が始まると、市太郎を傍に置いておくのは危険である。

足手まといになりかねない。

市太郎の出生について何かがわかり、そこから市太郎の縁者を見つけ出し、無事に引き渡すことが出来れば——。

柳之助と千秋は、腕が鳴る興奮を覚えつつ、同時に市太郎への想いを募らせていた。

そしてもう一人。

楽次郎のその後が気になる。

柳之助とは、喧嘩となってぶつかり合ったが、この気まずさを乗り越えれば、正義の名の許《もと》に日暮れ横丁の闇について語り合うことが出来るかもしれない。

幸いにも千秋が、楽次郎の荒れた心を鎮めてくれた。

もう一度二人で酒を汲《く》み交わせれば、さらに事態は動くかもしれない。

そして、楽次郎の心の闇を晴らしてやって、まっとうな道を歩ませてやりたい。

そんな情が湧き上がってくるのだが、

「楽次郎の兄ィには、どの間合で声をかけたら好いんだろうなあ」

楽次郎と喧嘩してから二日目の朝。

柳之助は焦りを覚えていた。

いつものように振り売りに出かけ、

「団子屋の兄さん……」

と、すっかり横丁に馴染《なじ》んだ自分を確かめたものの、楽次郎は、柳之助の前に姿を現さなかった。

近々、〝きよの〟に謎の客がくるというのに、店に顔を出し辛い。

行ったところで、柳之助には謎の客がいったい誰なのか、見分けがつかないであろう。

そこは楽次郎の助けが欲しかった。

夕方になり、日暮れ横丁が妖しい光に彩られ始めても、柳之助は飲みに出かけるかどうか逡巡した。

「楽次郎とつるんでいる団子屋の兄さん」

そのように横丁の連中には認められている。

楽次郎を抜きにしては、どうも飲み歩き辛いのだ。

ところが――。

店を仕舞い始めた頃となって、〝千柳〟にふらりと楽次郎が現れた。

「兄ィ……」

「きてくれたのですね……」

柳之助と千秋は、抱きつかんばかりにして、楽次郎を出迎えると、

「まあちょいと後味が悪くてよう。ここはやはり、隆さんにあれこれ聞いてもらいたくなったのさ。横丁じゃあ話し辛え話もあるから、お春さんの言葉に甘えにきたんだ。邪魔をして好いかい？」

楽次郎は照れ笑いを浮かべた。

「何を遠慮することがあるんだよう。誘ったのはおれだよ」

「だってよう、おれはお前を殴っちまったからな」

「見てくれよ。顔は腫れてもいねえや」

「それにねえ。わたしが棒切れでぽかりとやりましたから、それでおあいこですよう」

千秋は楽次郎に、にこりと頰笑んだ。

柳之助が妬けるほどに、美しく愛嬌《あいきよう》に充《み》ちた笑顔であった。

「さあ、何もありませんけども、どうぞ……」

千秋は楽次郎を居間へ上げた。

「お客さんかい？」

市太郎は、きょとんとした顔で楽次郎を見た。

「おや、こんな倅《せがれ》がいたのかい？」

楽次郎は目を丸くした。

市太郎については、あえて口にしなかった柳之助であった。

「いや、その子は市太郎といってね。知り合いの倅なんだが、親が仕事で旅に出ていて、その間、預かっているのさ」

「なんだ、そういうことかい。そっちの娘っ子は……？」

「お春の妹のお梅だよ。二親《ふたおや》が死んじまったから、おれの家で暮らすようになったのさ」

「そうかい、そりゃあ好いや。姉さんに似て、好い女だねえ、お梅ちゃん……」

「好い女だなんて……。ふふふ……」

「よく言われるだろ？」

「はい、よく言われます」

「はははは、皆楽しくて何よりだよ。よろしく頼むよ、お梅ちゃん……」

楽次郎は、人の心をたちまち摑む。お花は、そっと楽次郎の姿を窺い見ていたから、彼の面体は既に知っていたのだが、一言話しただけで、親しみを覚えていた。

「兄ィは好い男だろう？　だが、これからは男同士の話があるから、皆とのお近付きは後だよ」

柳之助は、女子供には別に食事をとらせると、時折千秋に酒肴《しゆこう》を運ばせ、酌をしてもらい、二階の一間で楽次郎と酒を汲み交わした。

「何もねえと言いながら、さっとこれだけ仕度ができるとは大したもんだ。こんな居心地の好い店が家にあるのに、あんな薄汚ねえ横丁で毎日のように飲んでいるとは、隆さんもどうかしているぜ」

千秋が、お花と市太郎に手伝わせて運んできた料理は、小鍋立てにした湯豆腐、烏《い》賊《か》を付け焼きにして刻んだ木の芽と和えたもの、白魚の卵寄せ。

どれも料理人である楽次郎を唸《うな》らせた出来であった。

「そいつは兄ィの言う通りだが、おれも家じゃあなかなかに口うるせえんだ。店をやってりゃあ、一日中顔を突き合わせることになるから、夜はなるたけ外に出てやった方が、女房も気楽なんだよ」

「なるほど、妹と市太郎がいりゃあ寂しくもねえか。お前は何ごとについてもよく考えが回るんだなあ」

「そういう性分なのさ」

「おれにも気遣ってくれたよな。そいつはよくわかっているんだ……」

「余けいなことを言っちまったよ」

「いや、おれがお前でも、同じことをしただろうよ。確かに、あの店は怪しいんだ。おかしな野郎がいきなりきて、おのぶに何か目配せをしやがる時がある」

「兄ィは女将に惚れているから、ちょっとした仕草も気になるんだろうな」

「ああ、気になる……。だが、そいつらはおのぶを口説こうとしているわけでもねえんだ」

「どういうことだい？」

「おのぶに、取り次いでもらおうとしているようだ。その相手はきっと、幻《まぼろし》の儀兵衛《ぎへえ》って野郎に違えねえ」

「幻の儀兵衛……」

「日暮れ横丁を陰で仕切っている男だ」

「兄ィはやはり、あの横丁にそんな奴がいると、気付いていたんだね」
「ああ、ここにいれば、目には見えねえが大きな影がいることに気付いてくるっても
んだ」
「幻の儀兵衛という名は？」
「おのぶがそっと教えてくれたんだ」
「あの女将が？」
「おれみてえな半端者でも、ここじゃあ気楽に暮らしていけるが、こいつの影を覚え
たら、大人しくしているがいいと」
「女将は兄ィのことが気になっていたんだねえ」
「さあ、それはわからねえが、踏み入っちゃあいけねえところがあると、毎日のよう
に店にくるおれを、戒めておきたかったんだろうよ」
「それが気になっているってことだよ。幻の儀兵衛が〝きよの〟の陰の主人なんだ
ろ」
「ああ、おのぶの情夫《まぶ》に違えねえ」
「兄ィのことは好きだが、儀兵衛がいるから諦めてくれ。あんたを死なせたくはない
……。女将はそう言いたかったんだな」

「おれは諦めが悪いからな」

「賭場荒らしの乙三は、儀兵衛の噂を聞きつけて横丁へきたんだろうよ」

日暮れ横丁に潜り込み、儀兵衛に金を払って庇護《ひご》を求めれば、追手の目をごまかしてどこかに逃がしてくれる。

盗人や凶状持ちは、闇で繋がっていて、儀兵衛への窓口は〝きよの〟の女将だと知っている。

乙三は、彼に賭場を荒らされたやくざ達から追われていたので、横丁にやってきて、〝きよの〟へ現れたのであろう。

しかしその時、楽次郎は店にはおらず、その後川辺で乙三を見かけ、喧嘩の末捕まえ、七兵衛の古道具屋に寝かせて、医者・無庵と〝きよの〟で飲んだ。

おのぶは二人の会話からそれを知り、儀兵衛に報せた。儀兵衛は即座に己が手の者を送り乙三を救け出した。

まずそんなところであろうと、楽次郎は後になって気付いたのだ。

「〝きよの〟であの飲んだくれ医者と飲んで酔っ払っちまったのが運のつきだ。鳶《とんび》に油揚げをさらわれたと気付いても、儀兵衛には逆らえねえ。まったく頭にくるぜ」

楽次郎は自嘲するように笑った。

柳之助は心の内で悲憤した。

乙三が殺されていたことを、楽次郎は知らない。彼にとってはどうでも好い話であろうが、幻の儀兵衛は乙三を救け出して、宝の在り処を聞き出した上で、こんな間抜けを匿《かくま》っていてはこっちが危ないと、殺してしまったのであろう。

とんでもなく悪い奴ではないか。

「確かにおれは、おのぶに一杯食わされたんだろうが、あの女だけは憎み切れねえんだ」

「あの女将も、所詮は酷《ひど》い男に逆らえねえ哀れな女だと？　兄ィもやさしいねえ」

「惚れた弱みさ。昔からの……」

「昔から？　ここへきてから知り合ったんじゃあねえのかい？」

「おのぶはそう思っているが、そうじゃあねえのさ……」

（六）

楽次郎は芝《しば》に生まれた。

父親は、腕の好い大工であったが喧嘩っ早く、それが祟《たた》って争いごとに巻き込まれて楽次郎が十二の時に死んでしまった。

楽次郎もまた、子供の頃から喧嘩っ早く、鳶の頭取《とうどり》に預けられたもののその癖は治らず、何かというと人に突っかかって、時にはこっぴどく殴られもした。

ある日、そんな調子で道端に倒れ込んでいると、草履の鼻緒も切れ、顔中血だらけの楽次郎を哀れに思ったのか、

「これをどうぞ……」

と、十五、六の町の娘が手拭いをくれた。

「好いのかい？」

楽次郎は顔を手で押さえながら見上げると、

「あげますよ。気をつけて……」

娘はにっこりと笑って去っていった。

常磐津《ときわず》の稽古の帰りであろうか、楽次郎はその可憐《かれん》さにしばし見惚《みと》れていた。

この、手拭いをくれた娘がおのぶであった。

おのぶは小間物屋の娘で、辺りでは縹緻《きりよう》よしで評判であった。

やがて楽次郎は、喧嘩を咎《とが》められた鳶の頭取の勧めで、料理人の見習いとなった。

料理をさせると、楽しそうに拵《こしら》える。これがまた美味《うま》いので、そちらの道へと導い

てくれたのだ。

とはいえ、ここでも喧嘩は絶えなかったが、常磐津の稽古に通うおのぶの姿を見かけては胸をときめかせた。

あの時の礼を言おうと思うのだが、おのぶは見る度に美しくなり、声をかけられないままでいた。

道端で倒れ込んでいた、血まみれの顔をした男が、自分であると知られるのも恥ずかしいし、手拭いのことなど忘れているに違いない。

そのうちに、おのぶは町から消えてしまった。小間物屋が落魄《らくはく》し、夜逃げ同然に店を出たのだ。

後から聞いたところでは、得意先から大量の注文を受けた後に、いきなり取引きを断たれるという乗っ取りの手口に引っかかったのだそうな。

おのぶの親を陥れた相手を、いつか殺してやろうと、楽次郎は心に誓ったが、その得意先もまた大店に陥れられて、主人は首を吊《つ》ったと知り、苦い思い出だけが残った。

楽次郎は料理人としての腕を上げていったが、おのぶが消えてしまった時に自棄となり、板場で気に入らない兄弟子二人を叩き伏せ、それから転々として暮らした。

持ち前の腕っ節と愛敬で、町のやくざ者達からは慕われ、博奕場通いもした。

そこで聞きつけたのが、日暮れ横丁の噂であった。

「あれこれ揉めごとを起こして、のっぴきならねえ時は、あすこに潜り込めば好いぜ。〝きよの〟って店で、女将に耳打ちすりゃあ、どこかへ逃がしてくれる段取りをつけてくれるそうだ。金はかかるがよう」

幸いにも、それほどの揉めごとは起こさなかった楽次郎であったが、人の過去は問わず、気楽に飲める店が並んでいると聞いて、日暮れ横丁に行ってみたくなった。

「それで、行ってみりゃあ、その女将がおのぶだったたってわけさ」

楽次郎は酒で勢いをつけると、一気に語った。

「そうだったのかい……。兄ィはすぐに気付いたんだねえ……」

柳之助は溜息をついた。

長い歳月が経っても、恋心をときめかせ、目に焼き付けるように見つめていた娘の容《かんばせ》は忘れるものではない。ましてや、名はおのぶ、町を出た時から数えた年恰好がぴたりと合えば気付かぬはずはない。

「あん時くれたのと同じ、麻の葉柄の手拭いをいつも持っているのさ、おのぶはよう……」

こんな怪しげな横丁の居酒屋の女将となって、悪人達を横丁の闇へと取り次いでい

ると は、小間物屋の箱入り娘が何たる変わりようであろうか。詳しく聞かずとも、一目見ればおよその過去がどういうものであったかは、容易にわかるというものだ。落魄の中、二親と逸《はぐ》れ苦労の末に、悪党の首領の情婦となり、この町で暮らしているのであろう。

「悪党の女に成り下がったからといって、おれはおのぶを嫌いにならなかった。あん時、道端で屑《くず》みてえになっていたおれに、手拭いを差し出してくれたおのぶがこうなったのには、深い事情《わけ》があったのに違えねえんだ。こうならねえと生きていけねえ訳があったんだ……。おれはそう思った。そんなおのぶをおれが何とかしてやりてえと……」

楽次郎は目を瞑《つぶ》って、大きく息を吐いた。

「わかるよ。兄ィの気持ちはわかる。すまなかった。兄ィがそれほどまでに大事にしているおのぶさんを、おれは腐してしまったね」

「隆さん、お前はやさしい男だねえ。いざとなりゃあ、おのぶの身にも難儀が降りかかるだろう。そん時はおれが、おのぶを守ってやりてえ。そう思っていたってえのに、おれはおのぶに一杯くわされちまったようだ。まったく間抜けだぜ」

「兄ィ、こうなりゃあ、幻の儀兵衛から、おのぶさんを攫ってやりゃあどうだい。儀兵衛への義理があるから、乙三の居処を誰かに伝えたが、おのぶさんは兄ィに口説かれている時、楽しそうな顔になる。兄ィがその気になれば、横丁から連れ出せるよ。心のどこかで、おのぶさんもそれを望んでいるはずだ」

「ははは、おれが口説くのは、ただの酒の上での冗談だと思っているさ。おれはいってえ何を考えていたのだろうな。できそこないの料理人が、おのぶを何とかしてやれるはずがなかったんだ。だが、あの三十両の金を取り戻せば、少しは道も開くかと……。ふッ、それも愚痴か……。隆さん、ありがとうよ。ちょいと付けを溜《た》めちまった居酒屋で包丁を揮ったら、大人しくこの横丁を出ていくよ」

「兄ィ……」

「乙三のことでは、ちょいとばかり騒がせちまった。おれといると、ろくなことがねえぜ。こんなに好い身内に囲まれているんだ。横丁に飲みに行くのは、ほどほどにしなよ」

胸の支えを吐き出したからか、楽次郎は実に晴れやかな表情となっていた。

柳之助は、その分沈痛な表情になっていた。

楽次郎は自分を男と見込んで、あれこれと闇の情報を教えて、おのぶについて打ち明けてくれた。

おのぶを腐されてかっとなり、つい殴りつけてしまったことを、それによって詫びたのだ。

だが、柳之助は彼から得た情報を元に、日暮れ横丁の闇へ、また一歩踏み入れようとしている。

楽次郎が、男の純情をかけて守ろうとしたおのぶを、場合によってはお縄にせんとしているのだ。

美しい話を聞けば聞くほどに辛くなる。

「お春さん、お梅ちゃん、坊や……。達者でな。こんなに楽しく人の家《うち》で飲ませてもらったことはなかったよ……」

やがて楽次郎は、千秋、お花、市太郎にそう告げると、〝千柳〟を出た。

千秋も柳之助の想いを察して、

「また遊びにきてくださいね……」

男二人の会話を何も知らぬ、聞いていないふりをして、明るく送り出したが、去り行く楽次郎を見送る目には涙が溢《あふ》れていた。

「おばさん、どうして泣くんだい？」

首を傾げる市太郎が、いつも以上に切なく目に映り、

「大人になったらね。楽しい時にも涙が出るのですよ」

市太郎のぷくりとした頬を撫《な》でた。

「市つぁん、そろそろ寝るよ」

お花が市太郎を素早く家の中へ連れて入る。

「旦那様……、あの人はこの町からどこか遠くへ出て行ってくれた方が、お互いにとってよろしいのではありませんかねえ」

「うん、そうだな。どうせ別れていく定めの相手だからなあ」

柳之助は、千秋の言葉に今日もまた、心を癒されていた。

（七）

「幻の元締……、お近付きになれて嬉しゅうございます……」

「お前さんが、百足のお頭かい」

「へい、助松でございます」

「名うての掏摸《すり》と聞いていたが、乾分《こぶん》がしくじって、大変な想いをしているとか？」

「へい。面目ねえ話でございます。お陰で一家は散り散りとなって、お上の目から逃れるという始末で」

「だが、儲け話があるそうだ」

「左様で……。ついては、お力を借りてえんでさあ」

「まず話を聞こう」

掏摸の頭である百足の助松は、日暮れ横丁の影の支配者、幻の儀兵衛と密談をしていた。

とはいえ、助松から儀兵衛の姿は見えない。

ある家の二間続きの広間を障子戸で仕切り、それ越しに話しているのである。

乾分二人が仕事をしくじり、何とか逃げ延びたものの、隠れ家にしていた寮にはいられなくなった助松は、日暮れ横丁にやって来て、噂の居酒屋〝きよの〟の暖簾を潜《くぐ》った。

そして女将のおのぶに用件を告げる。

すると、幻の儀兵衛の乾分・文次《ぶんじ》が助松に寄り添い、密《ひそ》かに用件を聞く。

おもしろい話であれば、儀兵衛に伝えられ、こうして助松は晴れて儀兵衛と会えたのだが、幻は幻のままがよいと、儀兵衛は障子戸越しにしか話はしなかった。

しかし、それが決まりとなれば、助松にしてみても儀兵衛の顔を拝まぬ方が、かえって後腐れがなくてよい。

「この辺りで見かけたがきを攫ってもらいてえんでさあ」

「がきの名は？」

「市太郎といって、あっしの身内だったがきでございます」

助松は、あろうことか市太郎を捕えにきていたのだ。

乾分二人が板橋《いたばし》でしくじり、市太郎はそのどさくさの中逃げた。それ以来、助松は行方を追っていたのだが、板橋で市太郎らしき子供を見かけたという者がいて、そこから足跡を辿《たど》っていくと、本所界隈《かいわい》に行き着いた。

助松は血眼になって市太郎の姿を求め、遂《つい》に亀戸《かめいど》町で姿を見かけた。

その時は追おうとして見失ってしまったのだが、町の娘に連れられていたので、この辺りで誰かの世話になっているらしいと分かった。

助松は、これまでの経緯を説明した上で、

「この辺りとなりゃあ、幻の元締に助けていただくのが何よりだと思いましてね」

と、切り出した。

「そんながきを捕えてどうなるというのだ」

放っておけばよい。今さら連れ戻したとて役に立たないであろうし、かえって足手まといではないかと儀兵衛は訝《いぶか》しんだ。

「こいつがちょっとした宝の山になると気付いたからでさあ」

「ほう、宝の山にな……」

「市太郎は、物心ついた頃には人買いに連れていかれて、誰の子供さえわからねえ有り様だったんですがね。奴が首からぶら下げている御守袋の中に書付が入っておりやして、それから考えると、二親の名は圭次郎《けいじろう》、お園《その》で、高輪《たかなわ》の大木戸に住んでいたようで」

「その書付は、お前さんの手に？」

「へい。市太郎の面倒を見るにあたって、あっしの手に」

「市太郎はそれを知っているのかい？」

「いいえ、御守袋の中にはありがてえお札が入っているので、軽々しく外に出すなと教えられていたみてえで」

二親の記憶は、そう言われて首から御守袋をかけられたことくらいしかなく、市太郎はずっとそれを守ってきた。

人買いも、市太郎を買い取りこき使った露天商の男も、市太郎から御守袋だけは取り上げなかった。

それだけが市太郎の宝物であり、自分にも二親がある証《あかし》であったので、他人が触るのを嫌がったからだ。

幼い市太郎には、御守袋の中の物を取り出して、死んだ二親について調べることなど元より出来なかった。

しかし助松は、市太郎を掏摸の手先に使ったので、御守袋の中身は検めておかねば、何かの折に市太郎が捕まれば、そこから足がつくかもしれない。用心にこしたことはないと思い、

「雨風にさらされてきたんだ。中の御札をたまには風に当てておかねえと、腐っちまうぞ」

と言って中を検めた。

すると、判読が出来ぬどこかの社寺の御札と一緒に、書付が添えられていて、こちらは何とか読み取れたのであった。

二人の乾分が逃げ、市太郎の行方も知れぬようになってから、助松は高輪大木戸へ出向き、この辺りに圭次郎、お園という夫婦が住んでいなかったか問うと、確かに十《じっ》間《けん》長屋と呼ばれる裏店に二人は所帯を持ち、市太郎という子を生《な》していたことがわか

った。

哀れにも夫婦は流行病で亡くなり、残された子供は、この子の親類だと名乗る男に連れていかれたという。

しかしその後、長屋を訪ねる者があり、圭次郎とお園が、それぞれ大伝馬町にある大店の紙問屋の次男と長女であったことがわかった。

圭次郎の生家〝伊勢屋《いせや》〟と、お園の生家〝河内屋《かわちや》〟は、そもそもが親戚筋であったが、互いに張り合い、商いを競ったことから次第に仲が悪くなっていった。

圭次郎とお園は子供の頃から惹《ひ》かれ合い、自分達二人が一緒になることで、二つの店が昔のような良好な間に戻ればよいと願うようになった。

しかし、二人の想いは空《むな》しく、一緒になることは叶《かな》わなかった。

〝伊勢屋〟と〝河内屋〟の仲は、かえって険悪となり、二人は会うことを禁止された。

しかしそうなると燃え上がるのが男女の情で、どんなに貧乏をしても二人で暮らそうと、誓い合って、駆け落ちをしたのであった。

障子戸越しに聞こえる、幻の儀兵衛の声が色づいた。

「つまり、その市太郎というがきは、大店の倅と娘の間にできた子というわけかい」

「へい。二人が駆け落ちをして、〝伊勢屋〟と〝河内屋〟は互《たげ》えに悔やんだそうで。

それで捜してみたらどちらも死んでいた……」

「ますます悔やんで、いなくなった市太郎のことを捜しているってわけだ」

「左様で。〝伊勢屋〟の跡取りには子がなくて、市太郎が見つかれば養子にしてえと言っているそうで」

「そいつは好いなあ」

「へい……」

「ちょいと脅せば、手切れ金を随分とふんだくれるってもんだ。百足のお頭、そのがきはすぐさま捕えてやろうじゃあねえか」

「幻の元締、金は山分けだ。よろしく頼みますよ」

一間の内に悪党二人の卑しい笑い声が響いた。

芦川柳之助にとっては、実に悪い間合で二人の悪党が手を組んだものだ。

柳之助は百足の助松の顔も声も知らない。

幻の儀兵衛という闇の元締がいると、楽次郎によって知ったが、失意の楽次郎が日暮れ横丁にいる間は、〝きよの〟にも顔を出し辛い。

その間隙を縫って、百足の助松が現れるとは……。市太郎に思わぬ危険が迫っていた。

助松が訳知らぬ市太郎の御守袋から、二親の名が記された書付を抜き取っていたことも知らぬ柳之助は、御守袋の布地の柄から手がかりは摑めないかと、外山壮三郎に持ちかけてはいるが、未《いま》だ〝伊勢屋〟〝河内屋〟へは辿り着けていない。

何もかも、柳之助と千秋には不利なまま、思わぬ形で〝千柳〟に魔の手が迫っていたのである。

それにしても――。

一切姿は見せないが、確かに日暮れ横丁に暮らしている、幻の儀兵衛はいったい何者なのであろうか。

（八）

出刃の楽次郎は、横丁を出るに際して、借りのある居酒屋を巡り、せっせと包丁を揮っていた。

柳之助は会いに行くのが憚《はばか》られたが、それでもそっと楽次郎の姿を窺いに、夕暮れると横丁に出向いた。

乙三の一件の後腐れを取り除こうとして、幻の儀兵衛が楽次郎に刺客を送るかもしれないと案じたからだ。

だが、借金返しに働く楽次郎は、黙々と横丁を出ていくために、酒も飲まずに板場に籠っている。

意気消沈して出て行く男に、わざわざ刺客を送る必要もないと考えているのか。楽次郎の周囲に異変は見られなかった。

楽次郎のことはそっとしておこう。

柳之助は、彼を〝兄ィ〟と呼んだのも、あくまでも隠密廻り同心の方便であったと思い切り、

「それよりも、〝きよの〟を本腰を入れて見張らねばなるまい」

と考えを改めた。

あの居酒屋と、女将のおのぶ、煙草屋が怪しい。

それがわかった上は、さらに探索の手の者を増やすなり、対策が求められよう。

とはいえ徒《いたずら》に隠密を増やせば、閉鎖的な横丁にあっては怪しまれる恐れもある。

柳之助は、外山壮三郎に繋ぎをとって、いつものように亀戸天神社の境内で、新たにわかったことを報告した。

その時、店では千秋、お花が市太郎の番をしていたが、夕方になって店仕舞いに忙

しい折、千秋が裏手に洗い物を持っていき、店先にはお花と市太郎がいた。

「お梅姉さん、おいらはこれからどうなるんだろうなあ」

市太郎は、片付けを手伝いながら、心細そうにお花に言った。

隠密廻りの仕事を喜々としてこなすお花であったが、お梅として市太郎に接しなければならない身は辛かった。

この子がこのまま主夫婦と一緒にいることはないであろう。それだけはわかっている。

だが、柳之助と千秋の下で、市太郎がこの先いかに幸せに暮らしていけるかに、自分は尽くしたい。

その想いを日々新たにするお花であった。

だが、そういうやさしい感情は、時として武芸者の勘を鈍らせるものだ。

「あ、あ、……」

低い叫びと共に、店の外で人が倒れた。

よく見ると町の老婆である。

「お婆ァさん、大丈夫？」

お花は、市太郎にそこにいるように目で合図をすると、駆け寄った。

「これはご親切に……。いえ、ちょっと立ちくらみがいたしましてねえ……」

老婆はそういうと、お花に寄りかかった。

「さあ、しっかりとしてちょうだい」

お花は老婆を受け止め、ひとまず路傍の縁台に座らせた。

「ありがとうございます。助かりました。こうして少し休めば歩けますので、もう大事ございません」

老婆はお花の手を取って感謝しきりであった。

「何かあったら、わたしはそこの団子屋におりますから、声をかけてくださいね」

お花は満足を覚えて店へ戻った。

すると、店先に市太郎の姿がない。

「市つぁん……、裏へ行ったの？」

裏手の井戸端にいる千秋を手伝いに行ったのかと、お花は裏手へと回ったが、

「市つぁんがどうかしたの？」

水桶《みずおけ》を手にした千秋が問うた。

「まさか……！」

顔色を変えたお花を見て、

「市つぁんがいないの?」

千秋は泣きそうな顔をしているお花に問うた。

「捜します!」

お花は表に飛び出した。

「お花……、いや、お梅、待ちなさい!」

千秋もこれに続いた。

その時、市太郎は通りすがりの町の男にいきなり店先で襲われ口を塞がれると、軽々と抱き抱えられ外へ運び出されていた。

外へ出ると、これも通りすがりの町の男二人が両脇に付いて、一目散に横丁へと入っていったのだ。

横丁にはまだ人通りは少なく、男たちが子供を抱えて走っていても誰も気に留めない。他人の躾《しつけ》に口は出さないというところだ。

しかし、この様子が気になり、目を留めた男が一人いた。

仕込みの段取りを終え、表に出て煙管《きせる》を使っていた楽次郎であった。

「あれは……、市太郎じゃあねえか……」

楽次郎は異変を覚えて立ち上がると、

「おい！　待てよ！　その子をどけえ連れて行くんだよう！　待ちやがれ！」

横丁内の小さな稲荷《いなり》社の前まで追いかけたが、そこで頬被《ほおかむ》りをした男達が三人、いきなり路地から現れて、有無を言わさず棍棒《こんぼう》で楽次郎に襲いかかってきた。

喧嘩慣れをしている楽次郎は、初めの一撃はかわしたが、二人目に左肩を打たれた。

「手前……！」

楽次郎の怒りに火が点《つ》いた。

打った二人目の腕を取り、そ奴の顔面に頭突きをくれると、その体をもう一人に投げつけた。

しかし、新手が二人現れ取り囲まれた。

「何だこいつらは……」

楽次郎は唸った。

あらかじめ、市太郎を攫う道筋を決めておいて、そこへ刺客を伏せておいたということなのか。何と気味の悪い連中であろう。

横丁そのものが、大蛇の腹中のようだ。

さすがの楽次郎も、これでは勝ち目がないと思った時。

「助太刀いたそう」

編笠《あみがさ》を被った浪人が駆けつけてきて、地面に落ちていた棍棒を拾い上げると、たちまちのうちに、三人の男を打ち据えた。

これに呼応した楽次郎が、一人の腹を蹴りあげると、五人はその場から散り散りに退散した。

だが、その時にはもう、市太郎の姿は消えていた。

楽次郎は歯嚙《はが》みすると、

「こいつは危ねえところをかっちけねえ」

浪人に礼を言った。

「いや、おれも市太郎が連れ去られる様子を遠目に見たのでな」

「旦那もあの子のことを？」

「ああ、ちょっとした関りがあってのう」

浪人は編笠をとると、彼もまた歯嚙みした。

「ああ、旦那は……」

「傘拾いの素浪人だよ」

浪人は猫塚禄兵衛であった。

二人は時折、互いに顔を見かけていて、覚えがあった。

「おぬしも市太郎を知っていたか」

「へえ、団子屋の隆さんとはちょいとばかりつるんでおりやしたのでね」

楽次郎は少し寂しそうな顔をした。

「左様か、おれとおぬしだけが、あの子を取り戻そうとしたわけだな」

「奴らはいってえ、あの子をどこへ……」

「さあ、この横丁に呑み込まれると、どうなるか知れぬ」

攫われた市太郎を見失ってしまったが、共に子供のために戦った連帯感が生まれて、かすかに二人の口許が綻《ほころ》んだ。

「市つぁん！」

そこへ千秋とお花が駆けつけてきた。

「旦那……、楽次郎さん……」

二人は目を丸くしたが、

「面目ねえ、見失っちまったよ……」

楽次郎は、女二人の悲愴《ひそう》な表情を見て、改めて市太郎の受難を知ったのである。

「何ゆえ攫われたか、心当りは？」

禄兵衛の問いに、千秋とお花は力なく頷いた。

「ひとまず、家へお越し願えますか」

昂《たかぶ》る気持ちを押さえて千秋は言った。

心の隅にずっと持ち続けていた不安が、現実となってしまった。

いつか百足の助松が、市太郎を取り戻しにくるのではないかと。

助松は市太郎を取り戻しておかないと、自分の悪事が露見すると考えたのに違いない。

市太郎の出生を知り、これを金にせんと企《たくら》んでいるとは、この時は思いもかけぬ千秋とお花である。

市太郎の生死が危ぶまれ、気が遠くならんばかりであった。

いっそこれから、横丁を一軒一軒しらみつぶしに当って取り返してやりたい気になったが、あくまでも今は浮浪児を引き取って面倒を見てやった、人の好い団子屋を演じねばならなかった。

この町に目を付けながらも、これまで実態に触れられなかった南町奉行所の執念の先に柳之助はいるのだ。下手なことは出来ない。

出刃の楽次郎と猫塚禄兵衛も、やり切れぬ想いを顔に浮かべつつ、黙って千秋について横丁を出た。

子供が攫われたと薄々わかりながら、横丁の住人達は実に静かで何も騒がない。千秋は、楽次郎と禄兵衛以外は、皆、賊徒の一味なのではないかと気を引き締めていたが、

「おう、こいつはどういう取り合せだい？　市太郎は一緒じゃあねえのかい？」

〝千柳〟へ戻ると、店の前に柳之助がいて、ぽかんと口を開けて四人を見廻した。

その姿を見た途端、

「お前さん……」

悔し涙が、千秋の双眸《そうぼう》から堰《せき》を切ったように流れ落ちたのであった。

第四章　旅立ち

（一）

「出刃《でば》の兄ィ、猫塚《ねこづか》の旦那……。市太郎《いちたろう》のためによくぞ戦ってくださいましたねえ」

団子屋〝千柳《せんりゅう》〟に、楽次郎《らくじろう》と猫塚禄兵衛《ろくべえ》を迎えて、芦川柳之助《あしかわりゅうのすけ》は深々と頭を下げた。

亀戸《かめいど》天神社で、定町廻《じょうまちまわ》り同心で盟友の外山壮三郎《とやまそうざぶろう》と会っていた間に、市太郎を攫《さら》われてしまったと知り、地団駄を踏んだ柳之助であった。

だが、ここはあくまでも、団子屋の主《あるじ》、隆三郎《りゅうざぶろう》として怒り、対処しなければならなかった。

まず危険を覚悟で市太郎を助けようとした楽次郎と、彼に助太刀をした禄兵衛に謝し、これからのことを相談せねばなるまい。

　市太郎を通じて、隆三郎、楽次郎、禄兵衛は、互いに信じるに足りる男であると、確かめ合えたものだ。

　日暮れ横丁については、柳之助よりもよく知っているはずの二人と、今は共闘をしておくべきであった。

「市太郎を取り戻そうとした掏摸《すり》の親玉が、蛇の道は蛇ってやつで、横丁の闇の元締と手を組んだ……。まずそんなところでしょう」

　柳之助は、この際であるからと、市太郎から聞いたこれまでの百足《むかで》の助松《すけまつ》との出会いと、逃亡について、楽次郎と禄兵衛に余さず伝えた上で、

「ここはお役人に訴え出た方が好《よ》いのかどうか、思案のしどころだ……。市太郎が掏摸の一味だったってことが、わかっちまうわけですからねえ」

　と、楽次郎と禄兵衛に問うた。

　千秋《ちあき》とお花《はな》は、己《おの》が不注意を悔いながら、無念の表情で、黙って男三人の様子を見つめている。

　市太郎が掏摸の一味だということが役人に知れてしまう――。

既にそれは、隠密《おんみつ》廻り同心である柳之助から、定町廻り同心の外山壮三郎に伝わっていることなのだが、あくまでも団子屋の隆三郎の気持ちで話さねばならぬのがまどろこしい。

「御上にも情けがあると、おれは信じてえ」

楽次郎が、目を伏せるようにして、呟《つぶや》くように言った。

「だが、日暮れ横丁で見失ったなら、役人も見つけようがねえや」

「うむ。おれもそう思う」

禄兵衛が相槌《あいづち》を打った。

「幻《まぼろし》の儀兵衛《ぎへえ》の野郎、許しちゃあおけねえ……」

柳之助は、話を儀兵衛に持っていった。

「隆さん、お前、この横丁に何か因縁があるのかい?」

「兄ィ、実はそうなんだ。日暮れ横丁の闇の元締が、幻の儀兵衛と呼ばれているってえのは、兄ィから聞いて初めて知ったんだが、以前におれの仲間がこの辺りで消えちまって、その後《あと》、柳島《やなぎしま》村の空き地に埋められているのが見つかったんだ」

それは本当にあった話であるが、柳之助は自分の仲間に置き換えて語り聞かせた。

「その仲間ってえのは、殺されなきゃあならねえような悪い男じゃあなかった。何かの悪巧みに巻き込まれたのに違えねえんだ。役人は取り調べてはくれたが埒《らち》が明かねえ。それでおれは……」

「日暮れ横丁の傍《そば》に団子屋を開いて、様子を見てやろうと思ったのかい？」

「そういうことだ」

「恋女房がいるってえのによう。無茶なことをしたもんだ」

「だが兄ィ、手をこまねいているのも口惜《くや》しいじゃあねえか。そっと様子を探っているうちに、おれと同じ想《おも》いをしている誰かに出会うかもしれねえ。おれはそう思ったのさ」

「お前の気持ちはわかるがよう……」

「いや、それならば、ここに同じ想いをしている者がおるぞ」

黙って二人のやり取りを聞いていた禄兵衛が静かに言った。

思わず千秋が身を乗り出して、

「では、旦那も幻の儀兵衛を探しているのですか？」

「いかにも……」

一同は、禄兵衛をまじまじと見た。

「もしかして旦那は、仇討《かたきう》ちのためにこの町へ？」

柳之助が訊《たず》ねた。

禄兵衛に代わって、今度は楽次郎が黙って話に聞き入った。

禄兵衛はふっと笑って、

「ここで話すことになるとは思いもかけなんだよ。いかにもおれは仇を求めてここへやって来たのだ」

大きく頷《うなず》いてみせた。

「なるほど。お見かけした時から、お強そうに思っていたが、やはりそういうことだったのですねえ。是非、訳をお聞かせ願えませんか」

柳之助は畏《かしこ》まった。

「このような折ゆえ、手短に話そう。今はまだ、主家の名は控えさせてもらいたい」

禄兵衛は、しかつめらしい顔で、一同を見廻した。

（二）

猫塚禄兵衛は、とある大名家の家中で、目付役を務める家の次男として生まれた。

子供の頃から武芸優秀で、剣客として生きる道を選び、周囲の者からも将来を嘱望されていたという。

兄は目付役として出仕し、主君からの覚えめでたく、禄兵衛も修行に没頭出来たのである。

或《ある》いは、猫塚禄兵衛なる姓名は、仇討ちの旅に出た折に世を忍ぶために名乗ったものかも知れぬが、柳之助は深くは問わなかった。

やがて兄は、その嫡男と共に、主君から定府《じょうふ》を命じられ、江戸屋敷へ入った。

とはいえ、これは兄と甥《おい》に将軍家御膝下の様子を見聞させる意図があってのもので、禄兵衛はそのまま国表にいて、剣術修行に励みつつ、生家の屋敷を守った。

しかし、そのうちに禄兵衛の剣技優秀が主君の耳にも届き、

「江戸での修行を許す」

との栄誉に与《あずか》った。

江戸には名だたる剣術道場がいくつもある。そこで新たなる剣技を身につけろと、遊学を命じられたのだ。

禄兵衛は勇んで出府した。

江戸屋敷では主君への拝謁が叶《かな》い、兄と甥との再会も実に喜ばしかった。

甥の成長ぶりも著しく、禄兵衛はしばし、江戸見物をした後、方々の剣術道場を見

て歩いたのであった。

ところが、そんな矢先に兄と甥は凶刃に倒れることになる。

家中の納戸役・飯田清之助《いいだせいのすけ》には不正の疑いがあった。

役目柄、公金を扱うことが多い清之助が、江戸の遊里に公金を注《つ》ぎ込んでいるのではないかと、黒い噂《うわさ》が立っていたのだ。

調べてみると、御用商人に金銭出納の操作を命じ、密《ひそ》かに公金を着服していることが明白となった。

清之助は、三十前の美男で、役者のように色が白く、顔立ちも整い、立姿もよく、家中の子女からは騒がれたものだ。

非番の日に遊里へ出かけると、玄人《くろうと》の女達からもて囃《はや》されたのであろう。

そのうちに、不正に手を染め、横領した金で遊び呆《ほう》けるようになったのだ。

しかし、清之助は文武に秀でていて、行末に期待がかかっていた。

飯田家は主家によく仕えてきて、功績があった。

まだ三十にならぬ身である。このまま断罪して飯田家を取り潰すのもいかがなものであろうという温情の声があがった。

清之助から御役を取り上げ、一定の間謹慎させ、反省が見られれば、折を見て他の役職に就かせてやればよかろうというのだ。

飯田家の家禄《かろく》を減じれば、横領した金の弁済に充てることも出来る。

いかに清之助が認められていたかがわかろうというものである。

そこで、清之助を詰問し、諭す役儀に選ばれたのが、禄兵衛の兄と甥であった。

二人は定府になって日が浅い。

清之助とはほとんど面識もなかったので、かえって話がし易《やす》いのではないかというのだ。

兄と甥は、二人で遊里にいる清之助を捕まえて、この役儀を遂行せんとした。

だが、この時既に清之助は、僅かな禄に縛られて、宮仕えすることに倦《う》んでいた。

腕も立ち、頭も切れる自分ならば、市井《しせい》に出て思うがままに生きられるのではないかと考えていたらしい。

「おれがその気になれば、金も女も思いのままよ」

と、遊里で豪語しているのを、何人もの町の男女が聞いていたのだ。

禄兵衛の兄と甥は、そんなことは聞き及んでおらずに、目付としての口上を述べて、まず厳しく清之助を咎《とが》めた後、

「家中の皆が、飯田殿の才を惜しみ、この後悔い改めればまた世に出られるように取

りはからうとの、ありがたいお達しでござるぞ」

と、言葉を尽くして諭したのだが、清之助はこれに反発を覚えた。

遊里にいるところを押さえられれば、清之助も己が恥を知り、まず話を聞くだろう。初めに厳しく断罪した後に、御家からの温情を伝えれば、清之助は素直に謹慎し、沙汰を待つと重役達は思っていた。しかし、それはまったく的外れな考えであった。

清之助にとっては、国表の田舎侍《いなか》が、いきなり自分の遊び場へ踏み込んできて、あれこれ断罪するとは傍ら痛かった。

その場には、馴染《なじみ》の芸妓《げいぎ》もいた。

「ここを外してくれぬか」

兄はそのように断ってから、清之助に迫ったのだが、

「おのれ、恥をかかせたな……」

清之助は思いがけず激昂《げっこう》して、

「何が悔い改めれば、世に出られるように取りはからうだ。己が働きに見合わぬ分を、少しばかり拝借しただけだ。かく咎められた上は、おめおめと屋敷へは戻らぬ。これにて退身仕る《つかまつ》」

もうこのまま致仕すると言い出した。

「いや、それでは目付としての一分が立たぬ。まず屋敷まで同道いたされよ」

兄は、このまま見過ごすことは出来ぬと、清之助に迫った。

そもそも御家の金を横領しておいて、何という言い草であろうか。

朴訥《ぼくとつ》で、役儀一筋に生きてきた兄と、その薫陶を受けてきた甥には、信じられない態度であったし、

「そのつれを申すなら、我らにも考えがござるぞ」

大名家に仕える者としては、あたり前の想いであった。

しかし、この時の飯田清之助は、いつか不正が発覚することを覚悟していて、心が乱れていた。

御家の温情を信じて屋敷へ戻れば、切腹が待っているのではないかという不安が先に立ったのか、

「考えがある……？　その考えを聞こうではないか……」

と、開き直ったかと思うと、

「いずれにせよ、こんなところで問答は無用にござるな」

すぐに落ち着いた物言いとなり、料理屋の外へ二人を誘って出たという。

料理屋にいた者達は、このように証言したが、外へ出てからの三人の様子は見てい

ない。

だが男達が争う声を聞いて、料理屋の裏手へ出てみると、禄兵衛の兄と甥が斬られて倒れていたのであった。

「無念……」

兄は断末魔の声をあげ、

「不意討ちとは卑怯《ひきよう》な……」

甥は、呻《うめ》きながら息を引き取ったという。

そして、それから飯田清之助は行方《ゆくえ》をくらましてしまった。

このようなこともあろうかと、いかに逃亡するかを以前から考えていたようだ。

兄と甥が死んだ。

禄兵衛は無念を晴らさんと、主家に仇討ちの旅へ出ることを願い出て、清之助の行方を追ったのだ。

元より家督を継ぐ立場にあらず、剣客の道を歩まんとしていた禄兵衛である。

剣を鍛え、兄と甥の仇を討つのは本望であった。

幸いなことに、出府して間もない禄兵衛の面体は清之助には知られていない。

それに対し禄兵衛は、江戸表には飯田清之助という家中の士《さむらい》がいて、これがなかなかの遣い手であると聞いていたので、江戸屋敷内の武芸場で稽古に励む清之助を見ていた。

出府したばかりで、部屋住みの身分である自分が、

「一手御指南願いまする」

とは言えず、腕利きで知られる家中の士の稽古風景を、まずはそっと覗《のぞ》き見た。

その中でも、なかなかに太刀筋がよかった家中の士が清之助で、しかも役者のように涼やかな面体をしているので、やたらと目に焼き付いたのだ。

清之助の探索には主家も協力を惜しまず、禄兵衛を守り立ててくれた。

日頃の言動から察すると、清之助は大の女好きで、自分の男振りに女が寄ってくることに何よりも快感を覚えていたという。

「江戸の女が何よりだ。堅苦しい日々の勤めも、定府ゆえに救われる」

そんな不埒《ふらち》な言葉が決まり文句であった。

そして、遊里においては、

「おれはいつでも武士なんて捨ててやるぜ。町へ出てみれば、お前達みてえに手前のために生きていく暮らしが、何よりだと思えてきてよう」

と、ことあるごとに話していたという。

それらから思うに、清之助は江戸のどこかに潜り込んでいるのに違いない。仇討ちなどというものは、昔から相手を捜し出して本懐を遂げるのが至難の業とされている。

下手に動かずに、相手の気持ちになって行動を起こすべきだと禄兵衛は考え、江戸御府内に的を絞って、清之助の姿を捜し回った。

そして、五年の歳月が流れ、主家からの合力も頼りなくなったが、清之助らしき男の姿を、日暮れ横丁辺りで見かけたという情報が届いた。

禄兵衛は、傘の仕立直しの内職をしつつ、横丁近くの長屋を浪宅として行方を追った。

日暮れ横丁を知る者は、

「あすこに逃げ込んじまったら、なかなか見つけるのは大変ですぜ」

と言う。

となれば、清之助がここに身を寄せていると十分に考えられよう。

禄兵衛は、日暮れ横丁を見張る決心を固めた。

それから二年ばかりが過ぎた。

その間に、横丁を傍にして密かに探索を続けたが、清之助の姿を見るには至らなかった。

だが、横丁を牛耳るという闇の元締・幻の儀兵衛が、清之助の変わりし姿なのではないかと、疑いを持つようになったのだ。

そして、二月《ふたつき》ほど前。

遂《つい》に横丁の〝きよの〟という居酒屋で、清之助らしき男の姿を認めた。

しかし、中へ入ると、既に清之助らしき男の姿は消えていた。

以前から、〝きよの〟の女将《おかみ》・おのぶの背後には、幻の儀兵衛が付いているという噂を聞き及んでいた。

儀兵衛は滅多に人前に姿を現さないが、なかなかの美男だという噂と共に。

――間違いない。飯田清之助は〝幻の儀兵衛〟となって、日暮れ横丁に潜んでいる。

禄兵衛はそれを確信した。

神出鬼没で、どこにいるかわからない。

それでも、この横丁を支配しているのであれば、清之助は無闇にここから出ていくとも思えぬ。

じっくりと調べて正体を暴き、いつか兄と甥の仇を討ってやる――。

猫塚禄兵衛は、そのように誓ったのである。

（三）

「旦那、そんなら敵と狙う相手はあっしと同じだ。あれこれと訳は訊《き》かねえでもらいてえが、あっしも、お春も、お梅も、そこいらの御用聞きなんぞより、余ほど役に立ちますぜ。助太刀させてくださいや――」

禄兵衛の話を聞いて、柳之助は共闘を申し出た。

「なるほど、おぬしもただの団子屋ではないようだ。よし、市太郎が攫われて、ふん切りがついた。一暴れしてやろう。仇討ちの助太刀となれば、おぬしたちも大手を振って戦えるぞ」

「へい」

「よろしく頼む」

禄兵衛が、柳之助、千秋、お花と頷き合うと、

「あっしにも助太刀させてやっておくんなせえ」

楽次郎が力強く言った。

「なるほど。幻の儀兵衛は、出刃の兄ィにとっても敵だったねえ」

「隆さん、おれの場合は恋敵ってやつさ。ははは……！」

楽次郎の笑い声は一座を随分と和ませた。

「さて、どうすれば好いでしょうねえ」

千秋は苛立《いらだ》ちを抑えられずに、膝を進めた。

お花も悲壮な決意を表情に浮かべている。

二人は市太郎を攫われた悔しさで、胸が締めつけられていた。

「焦る気持ちはわかるが、まずひとつ息を吸って落ち着いて考えよう」

禄兵衛が窘《たしな》めるように言った。

「話の流れからすると、百足の助松が市太郎を取り返さんとして、幻の儀兵衛に助けを求めたようだ。それはいったい何故《なぜ》だ？」

「市太郎を野放しにしていたら、手前の身が危なくなるから取り返して口を封じよう……、とも考えられるが……」

楽次郎が頭をひねった。

「幻の儀兵衛が動いたってことは、市太郎を捕えりゃあ、何か得になることがあるのかもしれねえや」

「なるほど兄ィの言う通りだ。子供一人の口を封じるのに、手下を何人も動かして、ことに当るとも思えねえや」

助松からそれなりの金が流れているのならわかるが、助松とて市太郎の口封じに、そんな大金を使うはずがない。となれば、市太郎が今すぐ命を奪われる恐れはまずあるまい。放っておいても大事はなかろう。

落ち着いて考えると、一同の想いはひとつになった。

市太郎はしばし、横丁のどこかに押し込められているはずだ。

それを頭に横丁を攻めようではないかと、話はまとまった。

禄兵衛と楽次郎は、既に横丁で儀兵衛の手の者と戦っている。

連中が再び襲ってこないかが案じられるが、禄兵衛と楽次郎は、まず横丁の外へは攻めてこないであろうと見ていた。

あの横丁は、それ自体が儀兵衛の要塞となっていて、方々で店を構える者達が、儀兵衛の乾分《こぶん》なのであろう。

それゆえ一処《ひとところ》に逃げ込めば、何軒かは中で繋《つな》がっていて、自在に処を変えて潜伏出来るのに違いない。

何かことあれば、先ほどのように横丁の住人が次々と兵士になって襲いかかり、行手を阻むとたちまちのうちに消えていく。

戦うのは仕掛けを巡らせてある、勝手を知った横丁の中だけで、市太郎を取り返さんとして横丁に踏み入れば、連中は堅く戸を閉め、ここぞというところに迫れば、その時は敵に襲いかかり、市太郎を別の場所に移し、また戸を閉ざす。

わざわざ横丁の外へ出て、役人の出動などは起こさぬようにする分別が、日暮れ横丁を謎のまま存続させているのだ。

「だが横丁の中でおかしな真似《まね》をすれば、巣穴に呑《の》み込まれるようにして、息の根を止められる……。賭場荒らしの乙三《おとぞう》のようにな」

楽次郎は、思い入れをすると、

「おれはよく今まで、横丁の酒場を転々として、殺されなかったもんだ」

ふっと笑ってみせた。

「まあ、殺す値打ちもねえ野郎だと思われていたんだろうがよう」

「いや、〝きよの〟の女将が、それとなく兄ィのことを守ってくれていたのかもしれねえよ」

柳之助がにこやかに言った。

「隆さん、そんなはずはねえよ」

「いやいや、あの女将は儀兵衛から離れられずに、あの店にいて悪事に手を貸す暮らしの中で、毎日のようにやってくる兄ィと軽口を言い合うのが、何よりの楽しみだったんじゃあねえのかなあ」

「まさか……」

「わたしもそう思いますよ」

千秋がすかさず言った。

「楽次郎さん、横丁を出る前に、もう一度おのぶさんに会っておいた方が好いのではないでしょうかねえ」

楽次郎は苦笑して、

「会ったところで、どうなるものでもねえさ。猫塚の旦那の話を聞けば、飯田清之助という男が儀兵衛に違えねえ。〝きよの〟って店の名は、清之助の名からとったのさ。悪縁だとしても、おのぶは儀兵衛のために尽くすんだろうよ。今さらおれが何を言うってえんだよう」

「昔、道端で手拭いをくれたことの礼を言うのですよ」

「手拭いの……」

「まだ、その話はしていないのでしょう」

「そんなものは覚えてねえさ」

「覚えていようがいまいが、道端で血まみれになった楽次郎さんに、そっと手拭いを差し出した……。その頃の初《うぶ》な自分を思い出させておあげなさいな」

楽次郎は首を振ってみせたが、はっとして宙を睨《にら》んだ。

おのぶを悪の手先にした幻の儀兵衛への怒りと憎しみ。

それを、猫塚禄兵衛の仇討ちの助太刀をすることで晴らしてやろうと気分が昂揚《こうよう》した。だがおのぶを敵に回して戦うのは忍びない。

どうせ日暮れ横丁に攻め入らねば、儀兵衛を討つことも、市太郎を取り返すことも出来ないのなら、

――おのぶの荒《すさ》んだ心の内に殴り込みをかけてやろう。

おのぶの良心が揺れ動いたら、そこから要塞と化した横丁の一角を切り崩せるかもしれない。

そう考えが及んだ時、

「出刃の兄さん。幻の儀兵衛が飯田清之助だとすればの話だが……」

禄兵衛が楽次郎を見つめながら口を開いた。

「おれは、清之助よりも、出刃の楽次郎の方が、余ほど好い男だと思うがのう……」

この言葉に、千秋とお花は相槌を打って、少しひやかすような目で楽次郎を見た。

困ったような楽次郎の表情に、次第に若葉のごとき青い輝きが充《み》ちてきた。

(四)

市太郎は、日暮れ横丁のとある店の蔵に監禁されていた。

団子屋〝千柳〟の店先に座っていたら、いきなり口を押さえられ、抱き抱えられて表へ連れ去られた。

あっという間の出来ごとであった。

しばらく自分を捕まえた男は、横丁の路地をいくつも通り抜けた。

その間、先日家へ遊びにきた楽次郎というおじさんが自分を呼ぶ声がしたような気がする。

そして、まず運び込まれたのは、まだ店が開いていない居酒屋のようなところであった。

「じっとしていりゃあ、手荒な真似はしねえよ」

「大人しくしていな」

男達はそんな声をかけて、市太郎に猿轡《さるぐつわ》を嚙《か》ますと、大きな麻袋に入れた。

そこで運び手が代わったのが、声でわかった。

それから竹籠のようなものに入れられて、またすぐにその店からも外へ運び出され、また違う店へ。

そこで、袋に入れられたまま、今度は大きな行李《こうり》のようなものに移しかえられ、少ししてからまた外へ運び出された。

そして、袋の中から解き放たれたのが、この蔵の中であった。

驚いたことに、目の前には掏摸の頭・百足の助松がいた。

「お頭……」

一別以来であったが、思わずその呼び名が口から出た。

腹を減らして土手で野垂れ死にしそうになっていた市太郎を拾って、たらふく飯を食わせてくれた助松は、市太郎にはやさしかった。

そのやさしさは、猿廻しの猿を手なずける術《すべ》に等しいものではあったが、それによって命長らえたのは確かである。

一人では生きられない子供が、飼い主に従順になってしまうのは、仕方がないことなのだ。

市太郎は夢を見ているような心地で、

「お頭は、つかまっていなかったんだねえ」

あれからの助松の様子を訊ねていた。

「おれがそんなしくじりをするもんかい」

助松はニヤリと笑って、

「あれからお前のことが気になって、仕方がなかったぜ」

市太郎の肩を撫《な》でた。

「それでおいらを見つけて、連れもどしにきたのかい？」

「そういうことだ。手荒な真似をしてすまなかったが、おれは大手を振ってお前を迎えに行ける身分じゃあねえからよう」

「だからって、袋に入れてつれてくるのは勘弁しておくれよ」

「すまなかった。これには色々と理由があってな」

「そんなことは好いよう。おいらはあの団子屋のおじさんとおばさんの世話になって、生きてこられたんだ。こんなことになったら二人が心配するよ」

「そうか、そうだったのだな。あとで礼を言っておくよ」

「礼を言わなくていいから、おいらをここから出しておくれよ。おいらは、あの団子屋のおじさん、おばさんたちといっしょにいたいんだ」

「あの団子屋で暮らしてえだと？」

助松は、ぎらりと目を光らせた。

その目は、掏摸の手下達を黙って従わせる、蛇のごとき不気味なものであった。

「おねがいしますよ。お頭、おいらを団子屋にもどしておくんなさい……」

市太郎は拝むように助松を見た。

やっと見つけた小さな幸せを、子供なりに何とか摑《つか》もうと、彼は懸命であった。

「掏摸の暮らしは嫌か？」

「この前は、兄ィ二人が見つかっちまって、おいらはこわくてこわくて……」

「そうだろうな。お前を危ねえ目に遭わせちまったのは、申し訳ねえと思っているぜ」

「今の暮らしは、あれこれたいへんだけど、毎日が楽しいんだ。お頭、おねがいします。おいらをここから出してください」

市太郎は、床に頭をすりつけて懇願した。

「おい市太郎、お前をいつまでもこんなところに閉じ込めておくつもりはねえよ」

助松はやさしい口調で宥《なだ》めた。

「そしたらお頭……」

「だが、団子屋には戻さねえよ。お前には他に帰るところがあるんだよ」

「帰るところ……」

「お前は哀れだよ。まだ物心がついたかつかねえかの頃に、二親《ふたおや》と逸《はぐ》れてよう。だがな、そのお父《と》っさん、おっ母《か》さんの親達が、お前を捜していることがわかったのさ」

「それはいったい？」

「爺《じい》さま、婆《ばあ》さまがどこの誰か、このおれが調べてやったんだよ」

市太郎は、口をあんぐりと開けて助松を見つめた。

「おれも鬼じゃあねえや。まだ子供のお前に、掏摸の手伝いをさせたのはすまなかったと思っているよ。だからよう、お前の幸せを考えて、あれこれ駆け回ったのさ」

助松は猫撫で声で何度も頷いてみせた。

「おいらに、じいさんとばあさんがいる……」

「そうさ。血を分けたお人がな。それも、その辺りにいるじいさんとばあさんじゃあねえんだぞ。大きなお店《たな》の旦那様さ」

「ほんとうかい？」

「ああ、ほんとうだ。今はまだ口にできねえが、まずおれが人を遣《や》ってみて、しかるべき折を見て、お前をそこへ連れていってやろうよ。それまではもう少し、ここにいてくんな。おかしな野郎が、金にしようとお前を狙っているかもしれねえからな」

そのおかしな野郎が、正しく助松そのものなのだが、助松は市太郎の小さな肩を両手で撫でながら、ほくそ笑んでいた。

とはいえ、助松もなかなかに先行きが大変ではあった。

幻の儀兵衛は、助松が持ちかけた儲《もう》け話に乗ったが、

「がきを攫うのには、なかなかに骨が折れたぜ。この先は、金と引き換えにがきはお前に渡すとしよう」

と、助松に言った。

市太郎を攫い、監禁はするが、日暮れ横丁の外に出て強請《ゆすり》を働くのは助松の仕事だというのだ。

幻の儀兵衛は、あくまでも横丁の中だけで勝負をする。決して危険は冒さないのである。

それゆえ、助松は今自分がどこで市太郎と会っているかわからなかった。

横丁の中にある、自身番を兼ねたような小さな会所で、戸越しに儀兵衛と談合した後に、目隠しをされ、駕籠《かご》に乗せられ、しばらく揺られては止まりを繰り返してから、この蔵の中へ連れてこられたのである。

そうしてここで待つうちに、ここでも儀兵衛が扉越しに話をして、やがて市太郎が運び込まれてきたというわけだ。

〝伊勢屋《いせや》〟〝河内屋《かわちや》〟に市太郎の無事を告げ、哀れな境遇に陥った孫は、掏摸に拾われて悪事に手を染めてしまったことを打ち明ける。

役人に告げると、子供とはいえ悪事に加担した罪を問われる。

ここは掏摸の頭に裏から話を持ちかけて、

「その子はなかなかに役に立ちそうだ。おれに譲ってくれねえか」

などと言って、買い取ってしまうのが何よりだ。そんな風に持ちかけようと助松は考えていた。

その折にはまず、市太郎の御守袋を中に入っていた書付と御札と共に見せ、まず話を信じさせないといけない。

「市太郎、お前のためにすることだ。その御守袋をおれに預けておくれ」

助松は、市太郎から件《くだん》の御守袋を奪い取ると蔵を出た。

蔵の外には儀兵衛の乾分・文次《ぶんじ》がいて、

「ごめんなさいよ」

と、助松に再び目隠しをした。

――おいらはどうなるのだろう。

小さな胸を張り裂けんばかりにしていた市太郎は、自分には祖父、祖母がいて、この身を探していると聞かされて、不安ながらもかすかな望みを持った。

子供とはいえ、悪事を重ねる助松の傍で暮らし、この頭の動きを見てきた市太郎には、自分が金になるのだということはわかった。

金になる間は、この身が安全であることも――。

だが、助松の肚《はら》は読めない。

一旦、横丁を出た助松は町中に紛れながら、〝伊勢屋〟と〝河内屋〟を、上手《うま》く行き来しつつ、善意の者を装い、金を引き出す交渉が出来る仲間を求めんとしていた。

これまで掏摸で貯《た》めた金は、まだ懐《ふところ》に五十両ばかりある。

五十両あれば、今すぐ市太郎を儀兵衛から買い取れるかもしれないが、ほとぼりを冷ますまで仕事を控えねばならぬ身である。ここで金を使い果すことは出来ない。

市太郎を日暮れ横丁に置いておく方が、誰にも見つからずにすむ。

流れからいくと、市太郎は〝伊勢屋〟の跡取り息子である伯父に、養子に迎えられるであろう。

だが、市太郎は百足の助松を知り過ぎている。

〝伊勢屋〟へ入った後に、

——もう一度攫ってやろうか。

という悪巧みが、助松の胸の内に湧き始める。

子供にしか務められない悪事の役割は多々ある。聡明《そうめい》ですばしっこい、市太郎には

あれこれと使い道があるはずだ。

そして落ち着いたら、市太郎が身を寄せていたという団子屋の様子も窺《うかが》わねばなるまい。

日暮れ横丁に消えた上は諦めるしかないと、分別しているならよいが、どこまでも市太郎を取り返さんとしているなら、脅しを入れておかねばなるまい。

暖かな春の日が近付いている。

あれこれ悪巧みを頭の中で働かせながら、

——幻の儀兵衛、頭の切れる、相当な悪党だぜ。

いささか格の違いを見せつけられた悔しさを胸に、助松は巻き返しを図っていたのである。

（五）

——見ていろよ。悪が栄えた例《ためし》はない。市太郎に手を出したのが、綻《ほころ》びの始まりと思い知るが好い。

芦川柳之助は、ここが勝負どころだと動いた。

九平次《くへいじ》に外山壮三郎への繋《つな》ぎを託し、小者《こもの》の三平《さんぺい》には、江戸橋の船宿〝よど屋〟で、かわいい姪《めい》の千秋の助《すけ》っ人《と》に、いつ呼ばれるのであろうかと、日々やきもきとしている勘兵衛《かんべえ》への密書を託した。

その上で、市太郎については、

「知り合いの子を預かっているなんて言っておりましたがね。あの子はよからぬ連中の世話になっていたところを逃げ出してきたというので、ここに置いてあげることにしたのですよ。だが、ちょっと目を離した隙に、前の仲間がやってきて、そいつらについて、どこかへ消えちまいましたよ。やはり、とどのつまりは、こんな暮らしには馴染めねえんですかねえ」

と、近所の住人達には話しておいた。

攫われたと思って、出刃の楽次郎と、近所の浪人・猫塚禄兵衛がその連中と揉《も》めたが、これはあくまでも市太郎が仲間を呼んで、ここから逃げ出したことなのだと、〝千柳〟の主人は思い込んでいる。まずはその体裁を繕っておいた。

団子屋は日々の暮らしを続け、時には横丁へ振り売りもする様子を見せておきたかったからだ。

その姿を儀兵衛一味は疑ってくるかもしれないが、それで襲ってきたら、その時は受けて立ってやる。

隠密廻り同心に手を出すなら、奉行所はとことん戦うであろう。

市太郎を失い、儀兵衛の正体を摑めずに終ってしまう恐れもあるが、横丁へ出向かねば何も動かない。

外山壮三郎は、日暮れ横丁に手の者を配し、ことあらばいつでも踏み込めるようにしておこうと、その準備を誓った。

頼れるよど屋勘兵衛は、横十間川《よこじっけん》へ何艘《そう》か廻船《かいせん》し、協力すると言ってくれた。

古参与力・中島嘉兵衛《なかじまかへえ》は、幻一党の実態に少しでも近づけたらそれでよい。無理をせずに探索を続けるようにと、壮三郎を通じて申し送ってきたが、悠長なことは言っていられない。

柳之助、千秋、お花は、細心の注意を払いながら、大胆にも日暮れ横丁に足を踏み入れた。

柳之助はいつものように団子を売り歩き、夜になると、

「親切が仇になった……」

と、嘆きながら〝きよの〟で飲んだ。

既にこの店では常連の一人となっている。

「おう団子屋、大変だったそうだな」

「何かってえと、この横丁に逃げ込みやがるから、おれ達まで怪しい奴だと思われちまうぜ」

「ああ、まったくだな」

客の中には、こんな風に声をかけてくる者もいた。

この内の何人が幻の儀兵衛の息がかかった者なのか。皆がそうであり、何ごともないかのような顔をしているのか。

そこが真《まこと》に不気味だが、柳之助はあくまでも、人の好い団子屋の主を演じ続けた。

おのぶは、柳之助の嘆きをどう受け止めているかはしれないが、酔客達を洒落《しゃれ》た言葉で捌《さば》く、いつもの切れ味がなく、表情に翳《かげ》りを浮かべているように見えた。

そして、柳之助に彼が注文した酒肴《しゅこう》を無言で運ぶと、やがて、

「隆さん、嫌なことは飲んで忘れちまいなさいな」

しっとりした声をかけてきた。

「ああ、そうするよ。拾った子供に情が移った途端にいなくなっちまったから、どうもやり切れねえ。達者でいるならそれで好いが、もしも命にかかわるようなことがあったら……、なんてね」

「年端《としは》もいかない子供の命をとるなんて、いくら悪い奴《やつ》でもそこまではしないよう」

「そうだな。そう信じてえや。まあ、あの子も元の暮らしが恋しくなったんだろうから、おれが案じることもねえよな」

「人の子供のことより、早いとこ自分の子を作って、そっちをかわいがるんだね」

「ああ、そうするよ。ところで、出刃の兄ィはこねえのかい」

「さあ、あの時の騒ぎがあってからはふさぎ込んでしまったからねえ。横丁を出るって話だけど、ここへ顔を出さないまま行っちまうかもしれないね」

「いや、兄ィはきっとくるよ。このまま消えちまうってことはねえよ。兄ィは女将に惚《ほ》れているからね」

「ふふふ、それはあの人のいつもの方便さ」

「いや、方便なんかじゃあねえよ。横丁から出ていくなら、女将にもっとまともな言葉をかけてからにしなよ、なんて言ってやったら、喧嘩《けんか》になっちまったよ。そのせいで兄ィとは気まずくなっちまってよう。だから飲みにきたらよろしく言っておいてくんな。団子屋に寄ってくれとよう」

柳之助は、言葉を交わしている間、おのぶの顔色を窺っていた。

出刃の楽次郎が、おのぶの心に眠る良心を、揺さぶり続けてきた。

幻の儀兵衛に尽くしてきた弱い女が、弱さゆえに陥った悪の巣から這《は》い出したい――。

そんな想いにさせているのではなかろうか。

柳之助はひとつの手応えを覚えて〝きよの〟を出た。

おのぶの表情に、苦悩と人らしい気持ちになった嬉《うれ》しさが交じり合い、それが鮮やかな色となって表れていた。

柳之助は、おのぶが市太郎のことについてどれだけ知っているかはわからないが、百足の助松が儀兵衛に、市太郎の勾引《かどわかし》を依頼し、横丁のどこかに隠しているくらいのことは、承知しているはずだ。

少しでもおのぶに改心の気持ちがあるなら、儀兵衛を追い詰めるきっかけだけでも、もたらしてくれるかもしれない。

柳之助は〝千柳〟へ戻った。

どこかの路地から、俄《にわか》に伏兵が襲いかかってくるかもしれぬと、全身に緊張を漂わせたが、下手に動かぬのが長生きの秘訣《ひけつ》と思っているのか、柳之助を狙う者はなかった。

そして、〝きよの〟が、そろそろ店仕舞をしようかという頃になって、ふらりと楽次郎が現れた。

楽次郎の身も安全とはいえなかったが、密偵の九平次が酔客となって見守り、さらに千秋が、酌婦に化けて横丁を見廻っていた。

「楽さん……」

おのぶの表情が華やいだ。

「もう、横丁を出ていっちまったかと思ったよ」

「賭場荒らしの野郎は攫われちまうし、団子屋の子供が攫われているように見えたから呼び止めたら、棒切れで肩を殴られるしよう。浪人の旦那に助けてもらったからよかったが、この横丁にいたら殺されちまうぜ。だからとっとと出て行くつもりだがよう。この店には雇ってもらって、酒を飲ませてもらったこともあったから、まあそこはひとつ、挨拶しておかねえといけねえ、そう思ったのさ。色々と迷惑をかけたな……」

楽次郎は、べらべらと一気に話すと、分別くさい表情となって頭を下げてみせた。

「何だい。そんなに改まった物言いをされると調子が狂うよ」

おのぶは苦笑いを浮かべて、

「熱いのをつけるよ」

と、ちろりの酒を用意した。

「軽く一杯ひっかけて出ていくよ……」

楽次郎は床几《しょうぎ》に腰かけた。

もう、店にはほとんど客はいなかった。

「一杯と言わずに、ゆっくりと飲んでいっておくれな」

おのぶは、楽次郎に酒を注いでやり、床几に並んで座った。

「楽さんと口喧嘩できなくなるのは寂しいねえ」

「ああ、そいつはおれも同じだが、いくら口説いたってなびいてこねえ女に、いつまでもかかずらっていられねえってもんだ」

「へえ、あれは口説いていたのかい。知らなかったねえ……」

「おきやがれってんだ。冗談めかしてしか言えねえ男の真がわからねえとは、寂しい女だねえ」

「あたしはずっと寂しい女さ」

「いや、あの頃は違ったぜ」

楽次郎は低い声で言った。

「あの頃……？」

おのぶの声も小さくなった。

「小間物屋の娘の頃さ。常磐津《ときわず》の稽古に通っていた……」

おのぶは言葉を失い、まじまじと楽次郎を見た。

「あの頃、お前を見かけると心が騒いだもんだ。だが、何かってえと喧嘩沙汰を起こして、いつも血まみれになっていた破落戸《ならずもの》のおれが、声などかけられるもんじゃあねえや」

「ふふふ……、あの頃のお前さんは、まったく意気地がなかったねえ。今日こそは何か言ってくるんじゃあないかと、あたしは思っていたのに」

「お前……、おれのことを……」

「道端で血まみれになって倒れていた兄さんだろ」

「そりゃあ若い娘が、あんな場に行き合ったら忘れないさ。手拭いの礼を言おうとして言えない、どこかおかしな兄さんが、楽次郎という暴れ者だってことも知っていたよう」

「そんなら、おれがこの店に初めてきた時、お前は……」

楽次郎は胸が締めつけられて、次の言葉が出ない。

「ああ、すぐにあの日の暴れ者の兄さんだとわかったさ」

「わかっていたのに黙っていたのか？」

「そいつはお互いさまだろ」

おのぶは小さく笑ってみせた。

「違えねえや……」

楽次郎も溜息《ためいき》交じりに応えると、おのぶに頬笑《ほおえ》んだ。そして懐から麻の葉柄の手拭いを取り出すと、

「やっとこいつの礼を言えるぜ。あん時はありがとうよ……」

おのぶの前にそれを置いて、しみじみと言った。

その時には、店に客は楽次郎一人になっていた。

「何だい、まだこんな物を持っていたのかい」

「ああ、この手拭いを血で汚したかねえと、あん時は使わずに、大事に懐にしまっていたのさ」

「おかしな人だねえ。これはお前さんにあげたものだよ。そのまま懐にしまっておいておくれよ」

おのぶは、件の手拭いを手に取って、

「これをどうぞ……」

と、差し出した。

おのぶの婀娜《あだ》な顔が、十五、六の町娘のそれに変わっていた。

「好いのかい？」

受け取る楽次郎も、あの日に戻っていた。

「あげますよ。気をつけて……」

おのぶの目に涙が浮かんでいた。

初な娘の頃に、少しばかり気になっていた町の男が、長い歳月を経て自分の前に現れて、洒落た言葉でからかうように〝惚れた〟と言う。

おのぶの心に楽次郎は、〝好いたらしい男《ひと》〟と映り、乙女の頃のときめきが蘇《よみがえ》ってきた。

だが、それも酒の上の戯《ざ》れ言《ごと》ですまさねばならないのだ。

幻の儀兵衛は、得体の知れぬ悪党であるが、親の没落で苦界《くがい》に身を沈めた自分を、落籍《ひか》して、居酒屋の女将に据えてくれた情夫である。

恩も情も、おのぶの体に絡みついている。

「おれはこれまで女に困ったことはなかった。おれと一緒になりたいという女はくさるほどいた。だがおれは、お前一人を情婦《いろ》と決めたぜ。お前だけはおれを裏切らねえ。そいつがわかるからさ」

儀兵衛はおのぶにそう言った。

おのぶは自分が尽くすうちに、誰もが正体を知らぬ幻の男として、儀兵衛が日暮れ横丁を陰で牛耳る大立者となっていくことに、密かな喜びを見出《みいだ》していた。

誰もが恐れる幻の儀兵衛が、自分には一目置いている。

それによって、日暮れ横丁の者達にとっておのぶは女帝となるのだ。

金も力も欲しくはないが、情夫の他には誰も気遣わねばならない者のいない暮らしは、一度苦界に落ちた身には、何にも替え難いものであった。

儀兵衛の女にちょっかいを出すなど自殺行為であるが、

「楽次郎のような客がいないと、〝きよの〟は居酒屋らしくなくなるよう」

おのぶはそう言って庇《かば》ってきた。

しかし、恋心が湧いてきたとて、もう運命には逆らえまい。

楽次郎とは別れていくしかないのだ。

その楽次郎は、手拭いを懐にしまうと、

「おのぶさんよ。お前がどこの誰とつるんでいるかはしらねえが、悪い縁とは手を切って、町の隅で屑《くず》みてえに座り込んでいた男にそっと手拭いを差し出した、あの日のお前に戻ってくんな」

惚れた女の顔をじっと見た。

それが出来たらどれほど好いか——。

おのぶは、このままあたしを連れ去ってくれと、言えぬ自分に心の内で泣きながら、

「すぐにここから出ていくのかい？」

「行くあてのねえおれだ。もう二、三日、あの団子屋の家に厄介になろうかと思っているよ」

「そうかい……、それがいいよ、団子屋の兄さん、楽さんと喧嘩をしたと寂しそうに言っていたからねえ」

とだけ言葉を返し、

「そんなら楽さん、お前さんも色々と用心を欠かさず達者でいておくれな」

溢《あふ》れそうになる涙を堪《こら》えて、振り切るように板場の内へと入っていった。

楽次郎はすぐに店を出た。外は季節外れの雪がちらついていた。
二、三日の間に、何かが起きることを願いながら、楽次郎は懐からおのぶにもらった手拭いを取り出し、頬被《ほおかぶ》りをすると、足早に横丁を出たのである。

（六）

さらに夜が更けて。

猿《ましら》のように、日暮れ横丁の屋根という屋根を音もなく行き通う、二つの黒い影があった。

お花と九平次である。

かつては盗賊一味にいて、改心した後は密偵として活躍する九平次にとって、こういう仕事はお手のものだが、

「おれも歳をとっちまったもんだぜ……」

お花の身軽で移動の緩急のとり方の巧みなのに、九平次は、時折見惚《みと》れてしまう。

二人は互いに合図を取り合い、横丁の動きを見張っていたのだが、この二人をも瞠《どう》目《もく》させるもう一つの影の動きがあった。

千秋である。黒い上っ張りをまとい、ぴたりと屋根に張りつく様子は、正しく影そのものであった。

三人は、横丁の中ほどにある稲荷《いなり》社の奥に建つ会所を見張っていた。

会所から、件の怪しげな煙草《たばこ》屋はほど近いところにある。

病がちのお久《ひさ》を隠れ蓑にして、煙草屋の奥の一間を、おのぶは儀兵衛との密会の場にしているのではないか。

千秋はお花と九平次を率いて、二つの怪しい場所を見張ったのである。

やがて、会所から煙草屋のおりく婆《ば》ァさんに手を引かれた、御高祖頭巾《おこそずきん》の女が出てきた。

おりくが手にした提灯《ちょうちん》の明かりが照らす女は、ほっそりとしていて弱々しく、夜目にも顔の色は抜けるように白かった。

左目の下にほくろがあるのを、千秋は見逃さなかった。

どうやらこの女が、煙草屋の主・お久なのであろう。

本当は背の高い女ではあるが、背が丸まっていて、いかにも病弱なお久らしい。

――あのお婆ァさんだ。

お花は市太郎の世話をしていたゆえ、煙草屋には近付いていなかったのだが、おりくは、市太郎が攫われた日、路上で転んだ老婆であった。

お花は老婆を助け起こしてやり、その一瞬の隙を衝《つ》いて、賊は市太郎を攫っていったのだ。

おりくも儀兵衛の手下の一人なのに違いない。ますます煙草屋が怪しい。

お久はおりくに手を引かれ、やがて煙草屋の裏口から中へと消えた。

すると今度は、裏手から〝きよの〟の女将・おのぶが中へと入っていったのだ。

千秋は、お花と九平次と煙草屋に張り付かんとした。

ところがここで、ちらついていた雪が本降りとなってきた。

下手に屋根にとりつくと、足を滑らせる恐れがある。また、雪が積もると雪景色を乱す物の存在は目立つこともある。

千秋達は仕方なく屋根から降りて、稲荷社の裏手に潜み、おのぶの動向を見守ることにした。

おのぶはその時、煙草屋の奥の一間で、幻の儀兵衛と密談していた。

柳之助、千秋が智恵《ちえ》を絞って動いてもなお、儀兵衛を追い詰められないでいたのだ。

「おのぶ、がきを攫った時に、楽次郎が邪魔をして、それを浪人者が助けたようだが、お前の店の常連は、何かと面倒な野郎だなあ」

儀兵衛は低く太い声で、おのぶを詰《なじ》るように言った。

「ただのお調子者ですよ。ああいう男がいる方が、店の内が盛り上がって、かえって怪しまれないというものです」

「馬鹿な野郎だけに、がきの行方を嗅ぎ回ったりはしねえだろうな」

「馬鹿でも諦めは好いですからねえ。ここにいるとろくなことがないと言って、町を出るそうですよ」

「そうかい……」

「別れを言いにきたので、涙のひとつも浮かべてみせてやったら、喜んでいましたよ」

「奴を助けた浪人者は?」

「傘拾いの猫塚禄兵衛という旦那で、楽次郎が危ないと見て、思わず助けに入ったとか」

「義を見てせざるは勇無きなり、か」

「難しいことはわかりませんがね、やさしいお人ですよ」

「団子屋は騒ぎ立ててはいねえか」

「いいえ、市太郎は、昔の仲間が恋しくなって、自分を連れ戻しにきてもらったのだと、思い込んでいるらしいですよ」

「お人よしの馬鹿が横丁の外には揃《そろ》っているというわけかい」

「まあ、自分の子じゃありませんからねえ。取り返して育てようとまでは思いませんよ」

「そんなら好い」

「どんなに嗅ぎ回っても、横丁の中じゃあ取り戻しようがありませんから。うっちゃっておけば好いですよう」

「お前の言う通りだなあ」

〝きよの〟で冗談めかしておのぶを口説いていた楽次郎の噂は、当然、儀兵衛の耳にも入る。

だが、それが店の名物となれば、

「〝きよの〟の女将の情夫《まぶ》は、相当危ねえ男じゃねえかと聞いていたが、ただの噂だな」

「ああ、本当なら、出刃の兄さんは、とっくに横丁から消えているはずだ」

〝きよの〟に出入りする客達はそう思うであろう。

おのぶはこれまでもこんな風に、楽次郎を取りなしてきたのである。

「楽次郎のことなんか、どうだって好いですよう。それより、あの百足の助松ってい
う悪党は、首尾よく市太郎を引き取りにくるんですかねえ」

おのぶは話をそっちに振った。

〝きよの〟に現れた助松に儀兵衛との繋ぎを取ったのはおのぶであった。

助松の頼みが、年端もいかぬ子を攫って隠し置くことだと知った時は、さすがに気
が咎めた。

助松が市太郎の肉親を捜し出し、市太郎を引き渡す替わりに大金をせしめる。

その金を儀兵衛と山分けにするというのだが、その交渉の最中に、助松が捕えられ
るかもしれない。

また、上手く話をつけて市太郎を引き取ってもらったとしても、助松がすぐに市太
郎を攫わんとも限らない。

だが、儀兵衛の考えはただひとつ。

「助松が捕まえられるようなことがあっても、奴はおれの顔さえ知らねえんだ。市太郎がどこに隠されているかは、役人も知ることはできねえ。いざという時は、がきの口を封じるまでよ」

と、市太郎を憐れむ素振りとて見せない。

「だが、市太郎はまだ値打ちがある。がきは蔵の中で、ろくに飯も食わねえでいるそうだ。おのぶ、お前、がきを宥めて何か食わせてやってくんな。女のお前なら、がきも少しは気を許すかもしれねえや」

「それは好いけれど、あの子を閉じ込めているところにあたしが顔を出せば、具合が悪いことになりませんかねえ」

「お前の面が割れるということか？　そんなものは、人に頼まれて訳も知らずに子供の世話を焼いていた……、てことにしとけば好い」

「お前さんの姿さえ人に見られなければ、横丁は安泰ってわけですか」

「そういうことだ。おれの安泰があってこそ、お前を守ってやれるってもんだ」

「左様でございましたね……」

「おのぶ、お前とは生きるも死ぬも一緒と決めたんだ。よろしく頼んだぜ……」

「わかりましたよ」

おのぶは儀兵衛の前から下がると、煙草屋を出た。

煙草屋にはお久とおりくがいるはずだが、今はまったく気配が消えている。

そして、ここに潜む儀兵衛は、そのまま外には出なかった。

いつの間にか煙草屋に現れ、いつの間にかいなくなる。まったく摑みどころのない男であった。

――あの人の安泰が、あたしの安泰か。

何年前になるだろうか。

千住《せんじゅ》の妓楼《ぎろう》にいたおのぶについた客が儀兵衛であった。

何日か居続けをして、

「おれは人を斬ってきた。金のためにな……」

儀兵衛はぽつりと言った。

妓楼で出会った男と女である。それぞれの過去はどうでもよかった。

儀兵衛は侍崩れで、今はよからぬことに手を出しているらしい。そして人を斬って摑んだ大金で妓楼にきて、悪の道でしか生きられぬ自分を慰めていた。

「武士では生きられなかったが、これからは悪党の中で華を咲かせてやるのよ。お前、ついてくるかい？」

儀兵衛はそう言ってくれた。

苦界に身を沈め、悶々《もんもん》たる日々を送っていたおのぶは、ここから連れ出してくれるなら、悪の道を歩いたって構わない。

首を縦に振ると、儀兵衛はあり金をはたいて、おのぶを落籍《ひか》してくれた。

そうして、何もないところから、二人で生きてきた。

裏道を生きる二人は夫婦の契りは交わさず、悪のつがいとなって、そっと力をつけてきた。

そして、儀兵衛は誰にも姿を見られぬ幻の元締となって、日暮れ横丁の王となった。

おのぶは二人で築きあげたものに満足を覚えたが、儀兵衛は自分さえ安泰ならばよい。それがおのぶにとっての安泰だと言う。

年端もいかぬ子を捕え、手に余れば殺してしまえばよいと、無慈悲な物言いをする。

所詮は悪党との行きずりの恋、くされ縁であったのか。

これまでそんな空しさを覚える間もなかった、おのぶの乾ききった心に、楽次郎の笑顔と一途《いちず》な想いが突き刺さり風穴が開いた。

儀兵衛には、もう十分過ぎるくらい恩は返した。

汚れてしまった自分を、それでも好きでいてくれた楽次郎に、何かひとつでも己が想いを返せたら――。

おのぶは湧き起こるひとつの決意を胸に、雪が降りしきる横丁を歩いた。

向かった先は、七兵衛《しちべえ》の古道具屋であった。

千秋、お花、九平次は、それを見届けた。

相変わらず儀兵衛は姿を現さないが、おのぶのこの動きには何かがあると、三人は確信していた。

お花が〝千柳〟へ走った。

九平次は旅所橋《たびしょ》へ。袂《たもと》の船宿には、よど屋勘兵衛が腕利きの船頭と共に詰めている。念のために船を横十間川に出してもらうためである。

(七)

「姐《ねえ》さん、こいつはご苦労様で……」

おのぶが古道具屋へ入ると、主の七兵衛が恭《うやうや》しく出迎えて小腰を折った。

人のよい主の様子が、今宵《こよい》は一味違って凄《すご》みがあった。傍《そば》に控えるのろまの半六《はんろく》も、鋭い目付きをしていた。

「子供が何も食べないそうじゃあないか」

「へい。百足のお頭が出て行ってから、どうも世をはかなんだような面になりましてね」

「世をはかなんだような……？　そいつは大袈裟《おおげさ》だ。自分に血の繋がった爺さんと婆さんがいると知れたんだろう」

おのぶはこともなげに言いつつも、儀兵衛が言うように、この先の助松の肚は読めない。

市太郎は子供心に、自分の先行きをはかなんで、不安と絶望に襲われているのかもしれないと、おのぶは心の内で哀れに思っていた。

「子供のことでやすから。何かと心細いのでしょうねえ」

「それもそうだね。どれ、ちょいと母親を務めてやろうか」

おのぶは、ふっと笑って蔵へと入った。

中には市太郎がぽつりと一人いて、涙で腫らした目を、おのぶに向けてきた。

二親を踏みつけにして、没落させ憤死させた世間への復讐《ふくしゅう》を誓い、毒婦として生きた身にも、慈愛の情が残っていた。

「大丈夫だよ。悪いようにはしないよ」

おのぶは市太郎に囁《ささや》きかけると、頬を撫でてやった。

そのちょっとした振舞が、おのぶの正義への勇気をかき立てた。

「ちょいと、この子を寝かしつけるから、皆休んでいておくれ」

おのぶは、七兵衛と半六、外で見張っている若い衆達に声をかけてから、被っていた御高祖頭巾をずらして、

「ここを出たいかい？」

「ああ、おいらはあの団子屋にもどりたいんだ」

「そうかい……。団子屋にはすぐに戻れないかもしれないが、ここからそっと出よう。あたしの言うことを聞くんだよ」

おのぶはこっくりと頷く市太郎の頭を撫でると、その間合をはかった。

七兵衛と半六は、儀兵衛の手下であった。

気の好い古道具屋の父つぁんと、のろまの半六。その実二人は、この古道具屋を儀兵衛の出城にして、あらゆる悪事に手を染めてきた。

〝きよの〟も煙草屋も、そうであるように、この古道具屋も裏の顔を持っていた。

賭場《どば》荒らしの乙三が消えてしまったのも無理はなかった。一番運び入れてはいけないところに、柳之助と楽次郎は乙三を運び込んでしまったのだ。

あの時、半六が殴られた跡は、七兵衛が殴ってつけておいた傷であった。

蔵は母屋と内廊下で繋がっている。

向かって左側に、見張りの衆が七兵衛、半六の他に二人いた。

おのぶは、寝かしつけた風情を蔵の中で醸し出し、防寒に着ていた道行《みちゆき》を、着物の上から羽織り、市太郎を体の左側の中へ入れた。

そうして、蔵を出ると扉を閉め、道行の中に市太郎を隠しつつ、

「今、眠ったところだよ……。そのままでいておくれ、音を立てないようにね」

ひっそりと声を静めて言った。

「へい……。ご苦労様で……」

部屋の内から七兵衛が小声で応《こた》え、その場でおのぶを見送った。

おのぶは、音を立てぬようにゆっくりと歩く。道行の中には自分の体にへばりついて、抜き足でついてくる市太郎がいた。

「あとは頼んだよ……」

おのぶと市太郎は遂《つい》に歩調を合わせて、三和土《たたき》へ出た。そしてゆっくりと草履《ぞうり》をはくと、慎重に格子戸を開けて、市太郎と外へ出たものだ。

「ちょいと走るよ……」

おのぶは、道行から市太郎を出し、そこから一気に駆けて、日暮れ横丁を出てしまおうとした。

「姐さん、ちょいと待ちなよ」

その時、一人の男がおのぶを呼び止めた。

儀兵衛の下で小頭を務める文次であった。

「その子をどこへ連れて行くつもりで……？」

市太郎の姿は露《あらわ》になっていた。

「文さんかい？　ちょいと元締がこの子の隠し場を変えたいと言うのでねえ」

おのぶは落ち着き払って応えた。

女ながらに修羅場は潜《くぐ》ってきた。度胸は据わっている。

初だったあの頃の自分に戻れるならば、命をかけてもよいと思っていた。

「姐さん、そいつは妙だ。おれは元締から、姐さんがきをどこかへ連れ出さねえか、見届けてこいと言われてきたんでさあ」

文次は、冷徹な目をおのぶに向けた。

「そうかい……。ふふふ、あの人はあたしにさえ心を許さない人だったねえ。そいつをうっかり忘れていたよ」

おのぶは自棄《やけ》になって笑った。

古道具屋からも、続々と男達が出てきた。

七兵衛達は、おのぶの裏切りを見届けんとして、市太郎を連れ出すのを、見過ごしにしていたのだ。

「さあ、その子をこっちへ渡してもらおうか」

文次は凄んでみせると、おのぶと市太郎ににじり寄ってきた。

「あたしに近寄るんじゃあないよ！」

おのぶは隠し持った匕首《あいくち》を抜いて、いきなり文次に斬りつけた。

「さあ、お逃げ！」

そして、市太郎の背中を押した。

しかし、一瞬怯《ひる》んだ文次であったが、この男も悪の修羅場は潜っている。

僅かに左肩を斬られたが、体を入れ替え腰に差していた長脇差を抜くと、おのぶの右肩から背中にかけて、ばっさりと斬りつけた。

薄く積もった雪が鮮血に染まった。

おのぶはその場に屈《かが》み込んだ。

逃げんとした市太郎も、半六の手に捕まえられてしまった。

「あたしを殺そうってえのかい」

おのぶは苦痛に喘《あえ》ぎつつ、気丈に文次を睨みつけた。

「がきを取り返したら、姐さんを始末するようにと、これも元締に言われたことでさあ」

「そうかい……。そんならひと思いにやんな」

「いや、ここで殺すとあとが面倒だ。おう、早く連れていけ」

文次は一味の者達に言い放った。

その刹那《せつな》、半六が頭を抱えて倒れこんだ。

「そうはいかないよ！」

叫んだのは千秋であった。

軽業の芸人のような姿に身を変え、手には善喜堂《ぜんきどう》の仕込みの鋳物の杖《つえ》。

これで半六の頭を割って、たちまち市太郎を取り返し、おのぶに近寄る若い男二人を打ち据えたのだ。

「な、なんだ手前は……」

いきなり現れた凄腕《すごうで》の女に、男達は圧倒された。

その間隙を縫って、千秋はおのぶを塀際に寄せて、

「わたしかい？　わたしは、団子屋の女房だよう！」

塀とおのぶ、市太郎を背にして、千秋は高らかに言った。

同時に、路地という路地から幻一味の手下達が現れた。

しかし、千秋はまるで臆さずにいた。

そこに、頭上の屋根の上から九平次の吹く呼び笛が鳴り響いたのだ。

（八）

芦川柳之助は、〝千柳〟から笛の音を聞いて飛び出した。

彼の後には、出刃の楽次郎と猫塚禄兵衛が続いた。

さらに、おのぶが七兵衛の古道具屋へ入ったと報《しら》せに戻ったお花が駆けた。

ここが勝負だと、三平は二階の物干し場に、半鐘を設《しつら》えて打ち鳴らした。

千秋はこれに勇気を得て、怪我《けが》をしたおのぶ、子供の市太郎を庇《かば》いながら奮戦した。

すぐに駆け付けた柳之助は、

「この野郎！」

と、捕縛術のひとつとして身に付けた棒術を駆使して、手にした天秤棒《てんびんぼう》で、恋女房に群がる悪漢達に立ち向かった。

「おのぶ……！」

楽次郎は、棍棒《こんぼう》で文次を叩《たた》き伏せると、傷ついたおのぶを抱き起こした。

「おのぶ！　しっかりしろ！」

「楽さん……、お前さんと会った頃のあたしに戻りたくてさ……」

「何も言うな……。お前はよくやったよ。おれはますますお前に惚れちまったぜ……」

楽次郎はしばしおのぶを守って暴れ回った。

市太郎はお花が守る。

屋根の上から九平次が降りてきて参戦し、太刀を峰に返して戦う猫塚禄兵衛と、柳之助を助けた。

さらにもう一人。木太刀を手に駆けつけた味方がいた。

「ははは、おれを忘れてもらっては困る」

笑いながら、路地から出てくる幻一味を木太刀で打ち据える男は、よど屋勘兵衛であった。

笛と鐘を聞きつけて、横十間川の岸辺につけた猪牙舟《ちょきぶね》からとび出してきたのだ。

柳之助は、勘兵衛にひとつ頭を下げると、お花と九平次を見て、

「二人は任せたぞ！」

と、言い置くと、

「さあ、旦那！」

禄兵衛を促して、敵をけ散らしながら横丁を駆けた。

千秋が二人の露払いを務める。

「さあ！　行きましょう！」

お花は市太郎の手を引き、楽次郎はおのぶを肩に乗せ、勘兵衛、九平次の手引きで岸辺へ駆けた。

その際、楽次郎は、よろよろと立ち上がらんとする文次を蹴りとばし、顔を踏みつけると、

「あとで殺してやるから、そこで倒れていやがれ！」

捨て台詞《ぜりふ》を残していた。

横丁の外では、

「おおッ！」

という勇ましい鬨《とき》の声が響き渡った。

定町廻り同心・外山壮三郎とその手の者が、半鐘の合図で横丁を囲まんとして迫ってきたのだ。

横丁は騒乱の体となった。

幻の儀兵衛の手下達は、敵が小人数と見て方々の路地から現れて打ちかかったが、七兵衛をはじめとして、ことごとく撥《は》ね返され道に倒れていた。

その数は二十人くらいいるであろうかという多さで、横丁に住む男の半分以上が、儀兵衛の手下達であったことになるが、詳しくはわからない。町方役人が横丁に踏み込んでくる気配は、既に横丁に漂っていて、手下達は算を乱して逃げ出したからだ。

楽次郎とおのぶ、お花と市太郎を乗せた舟は、横丁の騒擾《そうじょう》を尻目に旅所橋袂の船宿へ急いだ。

「おのぶ、しっかりしろ……、おのぶ……」

楽次郎は、息も絶え絶えのおのぶを抱きながら、懸命にあの日に時を後戻りさせていた。

市太郎は、ただただ突如起こった出来ごとに、目を丸くしていた。

力強く手を握ってくれているお花が、天狗《てんぐ》の娘かと思うほどに素早くて強いとは――。

しかし、幼い胸の内は、自分を助けんとしてくれたおのぶの無惨な姿が目に焼きついて、何も言葉が出なかったのである。

悪が栄えた例《ためし》はない。

日暮れ横丁の闇は、暴かれようとしていた。

儀兵衛は、市太郎を攫い横丁の内に監禁したのが運の尽きであった。

これまで二人で悪の道を生きてきた、おのぶとの縁の切れ目が、そのまま崩壊に繫がったのを何と思っているのであろうか。

そして儀兵衛は、これほどの騒ぎの中でやはり姿を現さない。

彼は、おのぶの心変わりには気付いていたが、奉行所の隠密廻りが潜入していることには、未《いま》だ気付いていなかった。

それでも、いつか悪事には綻びが出るものだ。

――次の悪事を考える時がきただけよ。

と嘯《うそぶ》き、この時はあっさりと横丁を捨て、逃げる段取りをたてていた。

そうはさせじと柳之助と千秋は、禄兵衛と共に儀兵衛を追った。

儀兵衛を押さえねば、潜入は成功とは言えない。

ここぞと横丁に攻め入ったことが、失敗であったとの謗《そし》りは免れまい。

だが、お花からの報せによって、禄兵衛は幻の儀兵衛が、仇の飯田清之助であり、あ奴が今どこにいるか知ることが出来たのであった。

柳之助、千秋、禄兵衛は、煙草屋の裏手から、おりくに手を引かれたお久が、横十間川に向かわんとしているのを見た。

「待て！　おのれこのまま逃げるつもりか！」

禄兵衛が叫んだ。

お久は振り返り、

「はて、何でございましょう……」

と、嗄《しやが》れた声で応えた。

「女に化けたとて、この蔦原弥兵衛《つたはらやへえ》の目は欺けぬぞ！」

お久は動揺を浮かべつつ、

「さて、何のことやら……」

尚《なお》も首を傾《かし》げてみせたが、

「ええい見苦しいぞ。その左目の下の黒子といい、背恰好《せかっこう》といい、おのれこそ飯田清之助。右手を見せてみよ。小手に刀の傷があるはずだ！」

「うむ……」

お久、いや、煙草屋の女主人の死後、彼女になりすまし、煙草屋からの出入りは女装して、病がちのお久を演じた飯田清之助こそ、幻の儀兵衛の正体であったのだ。

清之助は言葉に詰った。

「我はおのれに殺害されし島津《しまづ》家家臣・蔦原主膳《しゅぜん》が弟・弥兵衛！　兄と甥の仇。これにて勝負いたせ！」

猫塚禄兵衛は仮の名。蔦原弥兵衛は堂々たる名乗りをあげて、仇討ちの赦免状をその場で掲げた。

おりくはへなへなとその場に座り込んだが、その際、片手に持っていた筵《むしろ》の巻き物を取り落した。

その中には打刀が入っていた。

「ええい！　仇呼ばわり傍ら痛いわ！」

清之助は刀を拾い上げて、遂に本性を顕《あらわ》した。

しかし、この期に及んでも清之助は、逃げんとして、川辺へ駆けた。

それへ柳之助と千秋が素早く立ち塞がった。

「飯田清之助、もはや逃げられぬぞ」

「川へ出ても、乗る船はありませんよ」

夫婦が川辺に目を向けて言い放った。

川には何艘もの船が浮かんでいて、一斉に御用提灯を掲げたのである。

そこから外山壮三郎が走り来て、

「南町奉行所同心・外山壮三郎でござる。幻の儀兵衛を召し取りに参ったが、仇討ちとなれば見届けましょう。存分に立合われよ」

と、よく通る声で言った。

「忝《かたじけな》し……」

弥兵衛は一礼すると、一旦納めた刀を抜き、

「清之助、某《それがし》の顔を見知りおかなんだのが不心得であったのう」

と、八双に似た蜻蛉《とんぼ》の構え。

「示現《じげん》流……」

柳之助より先に、千秋が呟いた。

「おのれ……、田舎兵法者ずれが……」

江戸表に仕えていた清之助は、剣術も洗練されている。示現流の初太刀を恐れ、上段に構えてみせ、一旦間合を切ると、女物の着物の両袖を破り捨て、裾をたくし上げた。

「返り討ちにしてくれるわ」

崖っ縁《ぶち》に立たされた男に、もう失うものはない。死なば諸共《もろとも》と意地を見せた。

示現流の遣い手の弥兵衛は、熊のような風貌にして巌《いわお》のごとき体軀《たいく》。

ひたすら剛剣を貫くかと思えば、なかなかに洒脱《しゃだつ》なところがある。

蜻蛉の構えのまま不敵に笑った。

「おのれ、何を笑う……」

これが、かつては女に騒がれた男振りのよい清之助を怒らせた。

「女物の着物の袖を破り、裾をまくり……、返り討ちにしてやるとはよう申した。飯田の御先祖が泣いておるぞ。この恥さらしめが！」

「お、おのれ……！」

清之助は、目立たぬ時分に頭巾などを被って女に化けて外を歩き、人の目を欺いてきた。

役者のような美しい顔立ちゆえに、誰もが病がちで顔を伏せてばかりいるお久だと思い込んでいた。

それもまた兵法だと思ってきたが、言われてみれば、今の姿の何と滑稽なことか。

恥辱で顔を真っ赤にした。

この恰好ならばこそ、美しい太刀筋を見せてくれん——。

「ええいッ！」

清之助は華麗に舞うように打って出た。

島津家の武術の中でも、直心影流《じきしんかげ》長沼《ながぬま》派の剣を修めた清之助は、示現流を、

「田舎の泥くさい剣法よ」

と腐していた。

武士を捨てても、清之助の体は剣を覚えている。

目の覚めるような剣技を繰り出したが、弥兵衛は清之助の怒りに任せた攻めを冷静に見極めていた。

体《たい》をかわしては構えを直し、清之助の攻めが尽きたところへ、

「やあッ！」

と、岩をも斬るかのような強い一刀をもって前へ出た。

恐るべき剛剣は、押し切るかのように、清之助の受け止めた刀の上から、仇の体を袈裟《けさ》に斬った。

清之助はそのまま息絶えた。

末期の言葉もなかったのは、この男と関った者達にはかえって幸いかもしれなかっ

た。

「蔦原弥兵衛殿、お見ごとでござった！」

外山壮三郎が弥兵衛の本懐を賛《たた》えた。

こんな言葉は、誰よりも壮三郎が似合う。

「御厚情、心より、御礼申し上げまする」

弥兵衛が涙を浮かべて頭を下げた。

自分は本懐を遂げたが、幻の儀兵衛を殺してしまっては取り調べは出来ない。

それを承知で仇討ちを認めてくれた壮三郎の武士の情に、感じ入ったのだ。

壮三郎は弥兵衛の想いを察して、

「なに、方々が打ち倒してくだされた、横丁の賊徒共をことごとく引っ立ててござれば、飯田清之助が幻の儀兵衛となって企《たくら》んだことは、おおむね知れるでござろう」

と言って頬笑んだ。

「それならばようござるが……。いや、これはどうしたことでござろう」

「いかがいたされた」

「団子屋の夫婦の姿が見えませぬ。あの二人にはいこう世話になり申した。ただの団子屋とは思われぬ二人でござったが……」

いつの間にか、柳之助と千秋の姿はそこから消えていた。

「はて、団子屋の夫婦……？　きっと、礼を言われるのが照れくさいのでしょう。そのうちに某が訪ねて、きっと労《ねぎろ》うておきましょう」

壮三郎は、豪快に笑いとばした。

「今は、己が一命をかけて子供を救わんとした、おのぶという女の冥福を祈りましょうぞ」

「おのぶは空《むな》しゅうなり申したか？」

「いかにも、手の者からそのような報せが……」

二人は空へ手を合わせた。

奉行所の捕手《とりて》達は、横丁の掃討を進めていた。

降りしきった雪も、いつしかすっかりと止《や》んでいた。

（九）

外山壮三郎にとって、実に慌《あわただ》しい日々が過ぎた。

日暮れ横丁で、幻の儀兵衛の下で働いていた連中は、余さず牢へ放り込まれ、厳しい詮議を受けた。

大伝馬町の紙問屋〝伊勢屋〟〝河内屋〟を強請らんとした百足の助松は、仲間を募り、そ奴を店へやって、市太郎の存在をちらつかせ、金にしようとした。しかし日暮れ横丁が壊滅したという情報を知らぬままに話を進め、仲間共々お縄になった。

市太郎は改めて、壮三郎の付き添いの許《もと》、〝伊勢屋〟で祖父と祖母と会うことが叶い、〝河内屋〟の母方の祖父、祖母とも会い、祖父母たちは息子の圭次郎《けいじろう》、娘のお園《その》の面影が、そのまま表情に残る孫を見て歓喜の表情で迎えたという。

市太郎を船宿へ運んだ勘兵衛とお花は、市太郎を壮三郎の手の者に渡すと、すっと姿を消してしまった。

猫塚禄兵衛こと蔦原弥兵衛は、仇討成就を島津家江戸屋敷に報せ、剣術指南役の一人として禄を賜《たま》わり、その上で己が道場を開き、剣客として暮らすことを許された。

そして、出刃の楽次郎はしばらくしてから旅に出た。新たに女房となったお駒《こま》という女と一緒に――。

あの日、勘兵衛の先導によって運び込まれた船宿で、おのぶは手厚い療治を受けた。

その甲斐《かい》あって、命を吹き返さんとしたところで、奉行所の同心・外山壮三郎は、

「そなたが助けたおのぶなる女は、亡くなったそうな。そのように奉行所では取りは

かろうたぞ」

と、楽次郎を船宿に訪ね、言い渡した。

「いや、旦那、お蔭《かげ》さまでおのぶは命を……」

楽次郎が首を傾《かし》げると、

「おのぶは死んだ。そうであろう」

「と、申しますと……」

「死んだと言えば死んだのだ。そこに寝ている女はそれゆえおのぶではない。おのぶならば、これまでの罪咎《つみとが》をそのままにはできぬではないか」

「そんなら旦那……」

「その女が誰かは知らぬが、動けるようになったら、どれへでも連れていくがよい」

壮三郎は、楽次郎にそう告げると、悪戯《いたずら》っぽく笑ってみせたのだ。

「旦那……、ありがとうございます……。そんならそのようにさせていただきます」

「おぬしの手で幸せにしてやるがよい」

「へい。きっとそのように……」

楽次郎は頭を下げると、男泣きに泣いたのであった。

そしてこの日。大捕物の夜に雪が降ったのがうそのように、千住の宿から船で川越《かわごえ》へ向かう楽次郎とおのぶに、春の暖かな陽光が注いでいた。

船に乗り込む二人は夢心地であった。

「おのぶ……、いや、お駒、生きていてよかったなあ」

「こんなこともあるんだね」

「これから先は、人も羨《うら》やむ夫婦になってやろうじゃあねえか」

「どんな夫婦だい？」

「〝千柳〟って団子屋の夫婦みてえになりてえや」

「隆さんはいったいどうしているのだろうね」

「まったくだ。市太郎も、蔦原の旦那も、皆、会いたがっているのに、お梅坊も一緒に、どこかへ行っちまったそうだ」

「何者だったんだろうねえ」

「さあ、神や仏の遣いかもしれねえな」

「きっとそうだよ。うん、そういうことにしておこうよ」

二人は仲よく寄り添いながら、船の床に腰を下ろした。

その姿を、芦川柳之助と千秋はそっと見送っていた。

今は立派な旅の武家の夫婦に姿を変えている。

この二人が団子屋〝千柳〟の隆三郎とお春と、誰が知ろう。

「出刃の兄ィ、幸せそうだなあ」

「長い間の想いが叶ってよかったですねえ」

「随分と廻り道をしたもんだが……」

「そう考えると、旦那様とわたしは時を無駄にせずに一緒になれてようございました」

「うむ。それは千秋の思い切りのよさがあったからこそさ」

柳之助はつくづくと千秋を見て、

「この度は大変な想いをさせてしまったな」

と、労《ねぎら》った。

「とんでもないことでございます。わたしは楽しゅうございました。でも……、せっかく親しくなったというのに、お別れも言わぬまま会えなくなるのは辛《つろ》うございますね」

「辛《つら》いが、それが隠密廻りの務めだ。辛抱してくれ」

「皆、〝千柳〟の夫婦はどうなったと思っているのでしょうね」

「そこは、壮三郎が上手く言ってくれるさ。とにかく皆、収まるところに収まって、よかったというものだ」

「はい」

「千秋、ひとまず務めは終った。またふくよかなお前に戻っておくれよ」

「ご案じくださいますな、痩せるのはいささか骨が折れますが、ふくよかになるのは、あっという間でございます」

千秋が満面に笑みを浮かべた時、楽次郎とおのぶを乗せた船は千住の湊《みなと》を離れ、勢いよく川へ漕《こ》ぎ出した。

心地よい春風が、旅立つ夫婦の背中をやさしく押していた。

小学館文庫
好評既刊

八丁堀強妻物語

岡本さとる

ISBN978-4-09-407119-1

日本橋にある将軍家御用達の扇店〝善喜堂《ぜんきどう》〟の娘である千秋は、方々の大店から「是非うちの嫁に……」と声がかかるほどの人気者。ただ、どんな良縁が持ち込まれても、どこか物足りなさを感じ首を縦には振らなかった。そんなある日、千秋は常磐津の師匠の家に向かう道中で、八丁堀同心である芦川柳之助と出会い、その凜々しさに一目惚れをしてしまう。こうして心の底から恋うる相手にようやく出会えたのだったが、千秋には柳之助に絶対に言えない、ある秘密があり――。「取次屋栄三」「居酒屋お夏」の大人気作家が描く、涙あり笑いありの新たな夫婦捕物帳、開幕！

ISBN978-4-09-407239-6

本書のプロフィール

本書は、小学館文庫のために書き下ろされた作品です。

小学館文庫

隠密夫婦《おんみつふうふ》　八丁堀強妻物語《はっちょうぼりきょうさいものがたり》〈三〉

著者　岡本《おかもと》さとる

二〇二三年四月十一日　初版第一刷発行

発行人　石川和男
発行所　株式会社　小学館
〒一〇一-八〇〇一
東京都千代田区一ツ橋二-三-一
電話　編集〇三-三二三〇-五二三七
販売〇三-五二八一-三五五五
印刷所―――大日本印刷株式会社

この文庫の詳しい内容はインターネットで24時間ご覧になれます。
小学館公式ホームページ　https://www.shogakukan.co.jp

ISBN978-4-09-407243-3